없으면 안 되나요?
이까짓, 집

| 일러두기 |

- 저자의 표현을 살리기 위해 표준어 및 띄어쓰기 규범과 다르게 표기한 곳이
  있습니다.
- 저자의 독립출판물 《유부녀가 간다 vol.2》에 수록된 글이 일부 실렸습니다.

이까짓, 집

써니사이드업

없으면 안 되나요?

164cm x 35cm

날이 추워서 수도가 얼었다. 화장실 변기까지 꽝꽝 얼어버린 지 벌써 나흘 째. 20년 만에 찾아온 한파라고 한다. 그제는 커피머신까지 멈췄다. 냉장고에서 물을 꺼내 커피머신 물탱크에 붓자 살얼음이 얼었다. 마치 초등학교 과학책에나 나올 법한 장면을 목도하며 잠시 신기하긴 했으나… 그러니까… 지금 이거 냉장고 안보 다 커피머신과 제가 있는 이 공간이 더 춥다는 그런 얘 기인 거죠…? 불행 중 다행인 것은 여기가 집이 아니라,

내 작은 책방 얘기라는 거다.

막힘없이 내려가는 변기와 따뜻한 물이 나오는 샤워 시스템이 집 안에 있다는 사실이 이렇게 감사한 일인 줄 미처 몰랐다. 5~6년 전, 결혼 생각이 없는 남편을 "내 너와 함께 살 수만 있다면 이 한 몸 뉘일 자리만 있으면 된다"고 꼬드겼던 나이건만, '집'이라는 것은 이 한 몸 뉘일 자리(내 키 164cm에 여성 평균 어깨 넓이인 35cm를 곱한 값)보다 훨씬 더 많은 요건을 필요로 했다.

지금 당장 핸드폰을 들고 '#신혼집'을 검색해 보자. 180만 개가 넘는 이미지가 마치 한 사람의 집처럼 펼쳐진다. 핸드폰 속 작은 화면으로 랜선 집들이까지 가능한 세상. 신발과 옷을 고르는데 신경을 쓰는 만큼, 이젠 들고 다니지도 못할 집까지 취향을 따지는 시대가 됐다. 뉴스에선 하늘 높은 줄 모르고 치솟는 집값으로 떠들썩한데, 어째서 SNS 속 친구들은 다들 그림 같은 집에서 우아하게 살고 있는 걸까. 그림을 그리는 사람인지 글을 쓰는 사람인지 스스로의 정체성에 혼란을 겪으면서 뭐라도 해보자는 심정으로 브이로그 영상도 찍어 올려봤지만, 전세로 간신히 구한 오래된 빌라는 어딜 찍어도 한 구석이 못났다. 내 주머니 사정으론 어떤 앵글에서 바라봐도 간지 터지는 그런 집을 갖기란 평생 불가능…이란 말은 너무 마음 아프니까 그냥 '쉽지 않을' 것 같다. 갖고 싶은 옷, 갖고 싶은 가방은 도리질 한 번 하면 잊을 수 있지만, 최소 2년 이상을 눈 뜨고 눈 감을 때까지 쳐다봐야 하는 집을 어떻게 내 마음속에서 치워둘 수 있을까. 콤플렉스라고 인정하고 싶지 않지만 유튜브나 SNS에서 멋진 집을 볼 때마다 심장이 콕콕 쑤시는 걸 보면, 집 따위 아무래도 상관없다고 말하기 위해선 꽤 오랜 성찰의 시간이 필요할 것 같다.

지금부터 적어나갈 '집'에 대한 모든 고민과 분노와

한숨과 눈물과 애증의 기록은, 요 몇 년간 나와 남편이 함께 살 집을 찾으며 맞닥뜨린 냉혹한 현실에서 비롯됐다. 신혼집이라는 달콤한 단어로 시작했으나 이젠 '방 둘에 화장실 하나'로 통하는 우리집을 찾는 여정. 이 책이 앞서 길을 걸었던 독자에겐 함께 고개를 끄덕거릴 수 있는 얘깃거리가 되고, 이제 막 길 위에 오른 독자에게는 힘들 때 펼쳐 볼 수 있는 희망과 위로가 되었으면 좋겠다. 비록 우리 부부도 앞으로 한참을 더, 이 여정을 이어가겠지만 말이다.

화장실에 놀러와

독립을 앞둔 사람이라면 누구나 ─ 개인차는 있겠지만 ─ 자기만의 공간을 꿈꿀 것이다. 내 경우는 불행인지 다행인지 모르겠으나, 딱히 그 열망이 크지는 않았다. 서른이 넘도록 부모님과 함께 살면서 내 방의 가구 배치는 물론 침대 옆 스탠드와 이불 컬러까지, 오로지 엄마에게만 결정권이 있었기 때문에, 딱히 인테리어에 관심을 가질 기회가 없었다. 여기다 결혼하기 3~4개월 전, 개인 작업실을 마련하면서 시도한 셀프인테리어로 몸과 마음이 지칠 대로 지친 상태였다는 점도 주효했다.

회사를 그만두고 광고 콘티를 그려주는 프리랜서로 전향하면서 급하게 작업실을 구했다. 결혼 전에 독립된 작업 공간을 마련하지 않으면 그대로 집에 눌러 앉게 될 것 같아 불안했다. 작업실은 신혼집에서 멀긴 했지만 경제적으로 그만한 공간이 없었다. 지은 지 20년도 더 된 퀴퀴한 원룸 빌라. 그대로 들어갈 수는 없어서 리모델링을 하기로 했다. 직접하자니 힘이 없고, 인테리어 업체를 쓰자니 돈도 없어서 아쉬운 대로 작업반장 역할을 맡았다. 목수와 페인트공, 타일공을 직접 섭외했다. 10평 남짓의 작은 공간이라기엔 믿을 수 없을 만큼 많은 사건이 있었다. 마무리를 하지 않고 연락 두절된 목수와, 누수로 일주일 만에 두 번 깔아야 했던 타일과, 생각보다 퍼렇게 마무리 된 페인트 등 '명이 단축된다'는 느낌을 살면서 처음으로 받았다. 그럼에도 모든 일에서 교훈을 찾는 나는 그때에도 역시 큰 깨달음을 얻었다. '인테리어는 절대 셀프로 하면 안 된다'는 교훈. 물론 이 생각은 약 6년 뒤 서점을 꾸리며 '인테리어는 남한테 맡겨도 명이 단축된다…'로 수정되었지만.

이때의 작업실은 실제 사용을 위한 공간이라기보다, 내가 프리로 전향했다는 걸 알리기 위한 수단에 가까웠다. 작업은 주로 클라이언트의 회사로 불려 들어가 했기 때문에 작업실에 머무르는 시간은 길지 않았다. 그나마 제일 쓰임이 많았던 공간은 반짝반짝한 흰색 타일로 덮여 있던 화장실로, 출근해서 화장실 셀카만 찍고 집으로 돌아온 적도 더러 있었다. 어떤 친구는 화장실로 놀러 가도 되냐고 진지하게 묻기도 했다.

화장실 셀카에 도취되었던 나날도 잠시, 유명세에 덜컥 등록해 버린 옆 동네 헬스장 이용권의 쓸쓸한 말로처럼, 들인 돈이 무색하게도 이 예쁜 작업실은 점점 유명무실해졌다. 결혼한 뒤에는 남편이 회사에 가 있는 동안 집에서 혼자 작업할 수 있었기에 결국엔 두려워하던 대로 그만, 나는 집에 눌러 앉아 일하게 되었다. 어느 날은 거실에 있는 테이블에서 작업하는 내 모습을 어디선가 본 것 같은 데자뷔까지 있었으니 이 정도면 나란 사람 내 인생의 예언자.

내 첫 독립 공간이었던 작업실은 순수하게 보여주기 위한 공간이었다. 예쁘기만 하면 그만인 그런 곳. 한동안 나의 '공간'에 대한 인식은 그 정도 수준에 머물러 있었다. 예쁘면 그만이라고.

이용료는 선불입니당

대충 화이트 톤

신혼집에 대한 나의 인식은 작업실 때와 다르지 않았다. 리모델링할 필요 없는 새집이면 좋겠고, 새집이 아니라면 '대충 화이트 톤'으로 맞추면 좋겠다고 생각했다. 자가인지 전세인지 월세인지, 방과 화장실은 몇 개인지, 부엌의 조리대나 상하부장은 얼마나 오래되었는지, 냉장고와 오븐, 에어컨, 세탁기 등의 옵션이 있는지, 있다면 상태는 어떤지, 수납 공간은 충분한지 등등에 대해서는 따져보지도 않았고 따져볼 생각조차 하지 않았다. 그러니까 놀랍게도! 정말로 그냥 '대충 화이트 톤'이면 아무 상관이 없었다! 그도 그럴 것이 신혼집은 남편 호주머니에서 나온, 남편이 혼자 구한 집이었기 때문이다.

원룸에서 혼자 살던 애인(지금의 남편)이 조만간 집을 옮겨야 한다는 얘길 했을 때, 그 집이 신혼집이 될 수도 있겠구나 싶긴 했지만 그렇다고 함께 보러 다니기엔 어쩐지 애매했다. 손가락에 짱구과자를 끼워주며 밥 먹듯

이 청혼하던 나였으나 '그 집이 신혼집이 될지도 모르니 함께 구하자'고 말하는 건 또 다른 차원의 용기를 필요로 했다. 당연하게도 남편은 혼자 집을 보러 다녔고 딱히 내 의견을 묻지 않았다.

이사를 일주일 앞두고 남편은 나를 새로 구한 집에 데려갔다. 이제 막 도배를 마친 방 두 개짜리 아파트. 난 첫 눈에 깨달았다.

분명 이곳엔 '내 한 몸 뉘일 공간'이 치밀하게 계산되어 있음을! 돌이켜 생각해 보면 둘이 살기엔 조금 작았고 신혼집이라기엔 많이 낡았지만, 그가 살 공간에 나를 염두에 두었다는 사실에 감동받아 다른 것은 눈에 들어오지 않았다.

그리고 무엇보다 '대충 화이트 톤'에 머물러 있던 나의 신혼집 눈높이에 묘하게 맞아 떨어졌다. 듣기로는 이전에 살던 사람들이 인터넷 쇼핑몰 사무실로 사용했다는데, 그래서인지 몰딩과 방문이 흰색 페인트로 칠해져 있었다. 그러나 나는 이날 다른 것을 눈에 담지 않은 대가를 약 1년 남짓한 기간 동안 서서히 치르게 되었으니….

싱크대와 변기 수압

부모님 집에서 독립하기까지 내 기억에 남아 있는 '우리집'만 아홉 곳이건만 단 한 번도 관심을 가지고 살펴본 적이 없다. 그도 그럴 것이 엄마가 차려준 따순 밥 먹고, 엄마가 청소한 깨끗한 화장실을 쓴 뒤, 엄마가 빨아 개켜 넣어둔 속옷과 옷가지를 꺼내 입고, 허물 벗듯 집을 나서는 — 지금 생각해 보자면 7성급 호텔 뺨칠 정도로 눈물 나게 호사스러운 — 생활을 아무 의심 없이 장장 30여 년간 누려오지 않았던가. 열 손가락에서 하나 모자라는 '우리집'의 역사에서 내가 관심을 가졌던 공간은 오로지 내 방 뿐. 이것도 이사 당일, 오빠 방보다 작은 방을 배정받았을 때뿐이었으니 이런 내가 살기 좋은 집의 요건을 알 턱이 없었다.

남편이 처음 나를 집에 데려갔던 그날, 딱히 뭘 봐야 할지 모르겠지만 미래의 신혼집이 될 수도 있는 곳에 와서 그냥 돌아가면 야물딱져 보이지 않으니까 괜히 싱크대 한 번 열어보고, 화장실 변기 물도 내려보고 뭐 그런 거지.

아무튼 다행인지 불행인지 남편이 보여준 예비(?) 신혼집은 어차피 선택의 여지가 없었거니와 '대충 화이트 톤'이라는 허술한 기준에 어긋나지 않았기에, 나의 집 고르는 안목과 이 예비 신혼집은 둘 다 스스로가 평균 이하임을 깨닫지 못한 채 각자 행복하게 반년을 보냈다. 본격적인 갈등은 결혼을 앞두고 이 집에 슬금슬금 내 짐을 채워 넣으면서 빚어지기 시작했다.

언제나 나에겐 내 방이 있었다. 어려운 형편에 방 두 개짜리 집으로 옮겼을 때도 부모님은 우리 남매에게 각자 방을 내어주고 거실에서 주무셨다. 그래서 그런지 신혼집은 방 둘, 화장실 하나면 충분하리라 생각했다. 사람 두 명에 방 두 개면 각자 쓸 수 있는 거잖아요? (해맑)^^

남편의 옷이 내 옷만큼 많다는 사실은 이미 꽉 들어찬 붙박이장을 열어 보고서야 알았다. 심지어 신발 욕심도 비슷했다. 아버지는 아침에 신발장을 열 때마다 나를 소환해 한국의 이멜다라 질책했는데, 아부지, 여기 용산구에도 이멜다가 있었네요. 결국 작은 방은 옷방 겸 신발장 겸 파우더룸이자 창고로 전락했고 큰 방은 침대와 책장 하나로 꽉 찼다. 나는 처음으로 '우리집'에서 내 책상과 독립된 공간을 잃었다.

예전엔 미처 몰랐다. 방문 닫고 들어가 책상머리에 앉을 수 있는 독립된 공간이 이렇게 소중한 줄을. 부부 싸움이라도 하면 있을 곳이 마땅치 않았다. 안방에 눕자니 결국 이 남자도 들어와 누울 것이고, 작은 방에 들어가 있자니 앉을 자리조차 없었다. 거실에 있는 조그만 테이블이 내 유일한 도피처이자 작업 공간이었다. 밥 먹을 땐 펼쳐놓은 랩탑을 치워야 했고 심란한 거실 TV 소리에 시달리며 작업했다. 그나저나 우리나라 영화엔 왜 이렇게 조폭이 많이 나오는 거죠? 덕분에 총 들고 육두문자를 날리며 쫓아오는 담당자를 생각하며 이런저런 마감에 늦지 않을 수 있었지만. 뭐 아무튼 그 렇습니다.

둘 다 아침 일찍 나가야 할 때면 화장실이 하나인 것 도 문제였다. 전망 좋다 생각했던 안방의 큰 창은 밤이 면 대로변을 달리는 차 소리가 그대로 들려 곤혹스러웠 고, 돈 굳었다며 반겼던 빌트인 에어컨과 냉장고는 한 달 만에 당장 뜯어다 버리고 싶을 정도로 정이 뚝 떨어 졌다. 유일하게 체크했던 싱크대와 변기수압이 공교롭 게도 이 집에서 가장 멀쩡한 부분이었다는 게 차마 웃 지못할 포인트였다.

영화 BGM은 굉장히 효과적이었다!

[잃어버린 내 방]

프리랜서의 책상

이쯤 되면 이 집을 예비 신혼집으로 고른 남편을 책망해야 할 듯하지만 그러지 못했다. 남편 역시 나와 함께 사는 집은 처음이니까. 같은 회사 같은 사무실에서 10년이 넘게 일한 남편은 믿기 어렵게도 집보다 회사가 더 편할 때도 있다고 했다. 실제로 주말에 집에만 있으면 머리가 아프다며 사무실로 출근했으니… 물론 두통의 원인으로 제가 아주 없다고는 못하겠습니다만. 호호. 남편에게 집은 씻고 자고 TV 보는 곳일 뿐, 요리를 한다든가 책을 읽거나 업무를 하는 일은 거의 없다. 그런 그가 부엌세간의 상태나 서재의 필요성 같은 걸 미리 따지지 못한 건 당연한 일이었다.

한편 나는 결혼을 앞두고 프리랜서 생활을 시작했으니 집에서 업무를 할 수 있는 공간이 더욱 필요했다. 작업실도 있었지만 많은 프리랜서들이 그렇듯 나 역시 야심한 밤에 집중력이 현저히 높아 집에서 편하게 일하고 싶다는 생각을 지울 수가 없었다. 안방 침대 옆 책장에는 접이식 책상이 하나 달려 있었는데, 늦은 밤에는 자고 있는 남편이 깰까 싶어 쓸 수가 없었다. 결국 거실로 나와 식탁과 겸해 쓰고 있는 작은 원형 테이블에서 작업을 했는데 작업용 책상이 아니다 보니 허리도 아프고 동이 터올 때면 어쩐지 처연한 기분마저 들었다.

데뷔작인 웹툰 〈부부생활〉은 그 테이블에서 태어나 마지막 편까지 그렸다. 매주 마감할 때마다 메뚜기 뜀뛰지 않아도 되는 안락한 내 책상을 꿈꿨다. '우리집'의 최우선 조건은 그렇게 탄생했다. 내 책상, 내 서재가 보장될 것.

그리하여 해가 바뀌고 새롭게 구한 우리집엔 간절히 꿈꿔왔던 내 방, 내 책상이 생겼다. 하지만 안타깝게도 지금껏 연재를 다시 시작하지는 못하고 있다는 사실….
역시 모든 창작은 고통에서 비롯되나 봅니다. 지금이라도 거실에서 한번 투고를 준비해 볼까 싶지만 인체공학

적으로 설계된 사무용 의자에 익숙해져 긴장감을 놓은 제 엉덩이는, 앞으로 다신 그럴 일 없다고 말해주는 것 같네요….

[유년기의 집]

아파트와 평상과 푸세식 화장실

"왜 하필 여기에 책방을 차린 거죠?"

　오늘도 한 손님이 이런 질문을 했다. 성수, 망원처럼 핫한 동네를 놔두고 번화함과는 거리가 먼 주택가 골목에 갑자기 들어선 작은 책방이 동네 주민 입장에선 반갑고, 신기하고, 한편으론 측은한 마음이 드는가 보다.

　책방은 돌아가신 할머니가 살던 동네에 있다. 미취학 아동일 때부터 중학교 3학년, 할머니가 돌아가셨을 때까지 내가 기억하는 할머니 집은 언제나 같은 자리에 있었다. 최근에 생긴 고층 아파트 단지가 아니었다면 내 나이보다 오래된 양품점과 떡집과 슈퍼마켓이 있는, 젊은 사람은 좀처럼 보기 힘든 동네였을 것이다.

　초등학교 6학년, 공부 잘하는 오빠를 위해 온 가족이 강남 8학군의 코딱지만 한 집으로 이사를 가기 전까지, 우리집은 할머니 집 근처에 있었다. 가깝다곤 해도 어린 나는 감히 걸어갈 수 없는 거리였는데 할아버지는 매일 아침 직접 걸어서(!) 약수를 길어다 주셨다. 할아버지는 엄마가 깎아놓은 과일과 차를 드시면서 한두 시간 정도 이런 저런 말씀을 하다 돌아가셨는데, 지금 생각해 보면 당신이 아빠를 잘 키운 덕에 며느리인 네가 이렇게 좋은 집에서 살 수 있는 거란다…라는 이야기였던 듯하다. 당시 우리 가족은 꽤 넓은 아파트에 살았는데, 1990년대 초반에는 아파트보다 단독 주택이나 다세대 주택이 더 흔했다. 친구들 집에 가보면 십중팔구 마당에 넓은 평상이 있고 그 옆으로 빨랫줄과 개집이 있었다. 애들 대여섯 명이 평상 위에 둘러 앉아 전지를 접어 칸을 만든 다음 매직으로 발표 내용을 적어내는 게 그 시절의 조별 과제였다. 그다음엔 OHP용지라는 게 등장했는데… 쿨럭….

할머니 집은 작고 오래된 일본식 주택이었다. 10평

남짓한 단층집이었기 때문에 마당도, 평상도 없었다. 서늘한 푸세식 화장실에선 나프탈렌 냄새가 났고 부엌엔 커다란 솥이 걸린 아궁이가 있었다.

신식 아파트, 마당과 평상과 개집이 있는 주택, 푸세식 화장실과 솥이 있는 단층집을 자유롭게 오가며 어린 시절을 보낸 나는, 그 다양한 집의 형태들 사이에서 어떤 이질감도 느끼지 못했다. 누우면 하늘을 볼 수 있는 친구 집 평상이 좋았고, 할머니가 솥에 남은 누룽지로 끓여준 숭늉이 좋았다. 빌라와 임대 아파트에 사는 동급생을 거지라 놀린다는 요즘 아이들의 이야기를 들었을 땐, 가난과 부끄러움의 말도 안 되는 연결고리를 너무도 빨리 배워버린, 그 앞에서 어찌할 수 없는 무력감을 느꼈을 아이들이 떠올라 마음이 아팠다.

크리스마스트리

지금 사는 집의 마당엔 목수국이 있다. 목수국을 좋아하는 엄마 덕분에 알았다. 여름이 되면 꽃 구경하러 오시라 했다. 여름의 목수국만큼, 엄마는 겨울이면 눈을 기다린다. 올 겨울엔 눈이 그렇게 많이도 왔는데, 하필이면 책방을 시작하는 바람에 가게 앞에 쌓인 눈을 치우느라 엄마에게 눈 내린 마당 사진 한 장 찍어 보내드리지 못했다. 엄마는 ― 엄마 표현을 빌리자면 ― '분위기 있는 것'을 좋아했다. 매일 아침 창밖을 바라보며 커피 한 잔을 마시고 늦은 밤 혼자 산책로를 걸었다. 가족들이 다 밖에 나가고 나면 블루스 풍의 음악을 크게 틀고 집안일을 하셨다. 크리스마스엔 타탄체크 무늬 테이블보를 깔고, 빨간 접시에 산타 모양 초콜릿과 지팡이 모양의 박하사탕을 가득 담아놓으셨다. 화려하게 장식된 트리는 거실 벽에 걸린 커다란 달마도와 묘한 조화를 이뤘다.

중학교 3학년의 크리스마스이브에 친한 친구들을 집에 초대했다. 밖에서 피자 파티를 한 뒤 내 방에서 음악을 들으며 디저트를 먹을 계획이었다. 초저녁에 만나 배가 터질듯이 피자를 먹은 우리는 수순대로 우리집에 가기 위해 엘리베이터 없는 5층 아파트의 계단을 오르며 아픈 옆구리를 움켜쥐고 헉헉거렸다. 신발을 벗는데도 애를 먹었다. 다섯 사람이 동시에 신발을 벗기에 우리집 현관은 좁았다. 엄마는 친구들이 온다는 말에 내 방 책장을 트리 패턴이 그려진 빨간 천으로 가린 뒤 조그만 조명 장식을 둘러놓았다. 하지만 안타깝게도 작은 방 안을 따뜻하게 감싼 노란 불빛의 '분위기'에 매료된 것은 나와 엄마뿐인 듯했다. 침대에 거의 눕다시피 포개어 앉았던 친구들은 몇 분 지나지 않아 다시 밖으로 나가고 싶어 했으니까.

그때까지만 해도 나는 다른 사람이 우리집을 어떻게

생각할지 고민해 본 적이 없었다. 아빠가 아프리카로 떠나면서 이사한 아파트는 작고, 낡고, 어두웠지만 신기하게도 그것을 경제적 어려움과 연결시키지 못했다. 책상과 의자, 침대 하나가 꼭 맞게 들어갔던 내 방은 책상에 앉기 위해 의자를 빼면 등받이가 침대와 부딪혀서, 몸을 책상과 의자 틈에 끼워 넣다시피 앉아야 했다.

이제 곧 고등학생이 되는 식욕 왕성한 여학생 다섯 명이 함께 있기에 내 방은, 그리고 우리집은 그야말로 '좁았다'.

그렇게 밖으로 나와서 우리가 어디로 갔는지는 기억이 나지 않는다. 다만 그날 이후로 성인이 되어 독립하기 전까지 친구들을 집에 초대하는 일은 한 번도 없었다. 우리집의 가난은 내 책임이 아니었지만 그로 인한 부끄러움은 나의 몫이기도 하다는 그 말도 안 되는 연결고리를 깨달아버렸기 때문이다.

나만 없어, 건조기

2020년은 모두에게 우울한 한 해로 기억될 것이다. 아무런 의심 없이 누리던 일상이 더 이상 당연한 것이 아니게 되었을 때의 상실감이란. 삶의 질은 듣도 보도 못한 새로운 것을 얻었을 때보다 손안에 쥐어져 있던 것을 잃었을 때 더 큰 폭으로 흔들리는 듯하다. 오전 열한 시 쯤 동네 카페에서 따뜻한 라테 한 잔을 주문하고 테이블에 앉으면 순조롭게 그 날의 작업을 시작할 수 있었던 그 시절이 이젠 마치 신기루처럼 느껴진다.

아침에 카페에서 마시는 따뜻한 커피 한 잔은 단순한 모닝커피가 아니다. 그 날의 작업을 시작하고 끝마치게 하는 첫 단추로 한 잔이 모이고 모여 결국 책 한 권이 된다. 내가 쓰고 그린 책들은 몇몇 카페의 무수한 커피콩으로 구성되어 있다 해도 과언이 아니다. 그러니까 어쩐지 마감에 쫓기는 기분으로 쓰고 있는 이 글도 결국은 다 모닝커피를 자유롭게 즐길 수 없게 된 이 시국 때문이라는 얘기….

아침의 커피 한 잔이 책 한 권을 낳았듯, 그 존재만으로 내 삶에 어떤 변화를 가져올지 궁금한 물건이 하나 있다. 바로 건조기. 결혼 전 혼수 이야기를 할 때마다 친구들로부터 극찬을 들었던 가전도 건조기였다. 빨래를 널고, 걷어서 접고, 다시 옷장 서랍에 넣는 3단계를 건너뛰게 만들어주는 엄청난 물건. 거기다 먼지 알러지가 심한 나에게 건조기는 필수처럼 느껴졌다.

그러나 첫 번째 신혼집은 아무리 생각해도 자리가 없었다. 세탁기도 간신히 넣었을 정도였으니까. 두 번째 집은 세탁실에 상부수납장이 있어 세탁기 위로 올릴 수 없었고 나란히 두자니 보일러실 문에 걸렸다. 세 번째 집은 건조기가 옵션으로 있었으나, 이사 뒤 쓰려고 보니 고장 난 상태. 수리 기사님을 부른다는 게 어쩌다 보니 이 집도 올해 중순이면 계약이 끝난다.

유부녀가 된 지 6년 차, 비슷한 이유로 냉장고와 에어컨도 없이 네 번째 우리집을 찾고 있다. 지금은 이사

갈 집에 빌트인 가전이 있으면 있는 대로 없으면 없는 대로 고민이지만.

결혼 전 본가에는 오래된 꽃무늬 냉장고가 있었다. 여러 번 이사를 다니면서도 끈질기게 따라붙은 가전이었다. 네 식구 누울 공간도 충분치 않았을 때조차 그 냉장고는 당당하게 한자리를 차지했다. 왜 이 작은 집에 냉장고가 두 대씩이나 있는지, 촌스러운 오래된 냉장고를 버리지 못하는 엄마를 이해할 수 없었다. 지금 생각해 보면 내 것이 아닌 집에서, 맘 편히 쓸 수 있는 내 물건은 나름의 위안거리이지 않았을까. 그리고 보통 내다 버려야 하는 상태의 냉장고는 엄마의 냉장고가 아니라, 빌려 살 집에 있던 붙박이 냉장고였다.

내 첫 번째 신혼집의 붙박이 냉장고도 그랬다. 싱크대며 냉장고며 닦고 또 닦아도 매일같이 냉장고 안에 날파리가 무수히 죽어있었다. 언젠가는 냉장고에 죽어 있는 날파리 얘기를 sns에 올렸는데, 청소업체에서 일한다는 분이 작성한 댓글을 보고 너무 끔찍한 나머지 나도 모르게 삭제 버튼을 눌렀다. 댓글을 작성해 주신 분께 이 자리를 빌려 죄송하다는 말씀을 전합니다. 제가 의외로 비위가 약해서 말이지요….

지금 살고 있는 집에도 구형 붙박이 냉장고가 자리를 차지하고 있다. 한쪽 문에 얼음 배출구가 있어 자동으로 얼음이 언다. 문제는 단종 된 지 오래된 냉장고라 정수 필터도 구할 수 없거니와 얼음 배출구 쪽에 곰팡이가 서식 중이었다는 사실. 하루에도 몇 번씩 엄청난 굉음을 내며 얼음을 생산하는 이 냉장고에게 제발 좀 닥ㅊ… 아니 멈춰 달라고 소리치고 싶은 마음뿐이다.

그러나 빌트인 가전과 관련되어 가장 곤혹스러운 것은 단연 에어컨이다. 지난 2018년, 우리의 두 번째 집에서 기록적인 폭염을 경험하면서 에어컨은 생존과 직

결된 가전(후달달…!)이라는 사실을 깨달았다. 부품을 구할 수 없다는 오래된 천장형 에어컨은 작동이 되는 듯 싶다가도 가장 더운 한낮이면 온풍이 나왔다. 그렇다고 남의 집 벽을 뚫어 새 에어컨을 설치할 수도 없는 노릇. 결국 키우는 고양이는 본가에 맡겨두고 나는 집 앞 카페로 피신해 여름을 보냈다.

거의 탈출하는 마음으로 구한 세 번째 집이 바로 지금 살고 있는 집이다. 낡은 벽걸이 에어컨이지만 각 방마다 설치되어 있었고 성능도 괜찮았다. 다만 문제가 있다면 내가 켜지도 않았는데 자동으로 켜진다는 사실. 남편과 추측하기로는 이웃집 리모컨에 반응하는 것 같은데, 여름에는 뭐 '켜진 김에 나도 한번 시원해 보자'는 마음으로 참을 수 있었지만 한겨울에도 수시로 켜지는 이 에어컨은 대체 왜 이러는 걸까요….

어제는 프라이팬을 하나 사려고 백화점에 들렀다가

가전 코너 앞을 지나갔다. 세상 모던하고 시크한 냉장고가 늘어서 있는 걸 보자니 나도 올해는 하나 장만해볼까 싶어 마음먹고 구경했는데, 가격표를 보니 두 손이 공손히 모아지고 집에 있는 곰팡이 낀 빌트인 냉장고에게 살짝 고마운 마음도 들고 그랬습니다. 과연 나는 언제쯤 내 냉장고, 내 에어컨을 써보게 될까요. 과연 그런 날이 오기는 할까요?

이 정도 가격이면
저도 들어가 살아야 하는 거 아닌가여?

부동산 손절 선언

심심할 때면 부동산 포털 사이트에 들어가 본다. 지금 집 계약은 오는 가을에 끝나니, 아직 본격적으로 알아볼 때는 아니지만, 몇 번의 이사 끝에 습관처럼 남았다. 겨울을 준비하는 다람쥐처럼 지금 당장 먹지 못할 — 정작 한 겨울엔 100% 잊어버리고 말 — 도토리를 찾아 가까운 곳에서 먼 곳까지 여기저기 들춰본다. 그래도 2년 전에는 좌절좌절좌절좌절좌절우웃! 정도의 빈도 (5회 좌절 후 1회 발견)로 조건에 맞는 집을 찾아내곤 했는데, 이제는 정말 없다. 지금 사는 집의 절반만 한 곳으로 가거나, 아니면 좀 더 먼 곳으로 옮기는 수밖엔 없어 보인다. 왓 더 기절 쵸풍쓰 서울의 집값. 지금 당장이라도 가까운 부동산 중개소에 달려가야 할 것 같은 불안감이 엄습하지만, 그저 핸드폰을 덮고 조용히 하던 일을 한다. 지금까지 집을 구하면서 겪었던 몇 가지 사건 끝에 난 오프라인 부동산 손절을 선언했으니까.

한때는 부동산에 매일같이 드나들었다. 선택의 여지가 없었던 첫 번째 집을 제외하면 두 번째 집부터는 보여주는 것도, 보러가는 것도 나였다. 이미 인생의 절반 이상을 독립해서 살아온 남편과 달리, 내가 살 집을 찾는 과정이 처음이었던 나는 모든 것이 신기하고 재미있었다.

두 번째 집은 그야말로 '집 구경하는 재미'를 만끽했다. 남편의 돈에 내 돈까지 보태 예산이 늘어난 만큼 중개업자가 보여주는 대부분의 집이 살던 곳보다 좋았다. 개중에는 우리 예산으로는 턱없이 부족한 곳도 더러 섞여 있었는데 신기하게도 집을 둘러보는 순간만큼은 어떻게든 될 것만 같은(?) 착각에 빠지곤 했다.

마음에 드는 집도 금방 찾았다. 문제는 너무 금방 찾은 나머지 첫 번째 집 만기를 한 달 정도 남겨둔 채 나와야만 했다는 거다. 이사 좀 해봤다는 독자님들이라면 눈치 챘겠지만, 여기서부터 사달이 났다.

　두 번째 집을 구해준 중개업자는 최대한 빨리 계약하길 원했다. 하지만 살던 집의 중개업자는 그 얘길 듣자마자 우리 뒤로 들어올 세입자가 나타나지 않으면, 남은 계약 기간 중 공실인 기간을 일할한 월세와 보증금 일부, 그리고 복비까지 우리가 부담해야 한다며 겁을 줬다. 새로 구한 집의 중개인에겐 조금만 기다려 달라고 부탁하고, 살던 집 중개인에게는 최대한 빨리 세입자를 구해달라고 부탁했다. 조급한 마음에 거의 매일같이 집을 보여줬는데, 어째 계약을 하겠다는 사람은 좀처럼 나타나질 않아 똥줄이 타들어 갔다.

　이건 뭐 내가 할 수 있는 일이라곤 1도 없고 그저 기다리는 수밖에 없으니, 종국에는 집이 빨리 나가게 해준다는 온갖 미신을 주워듣는 족족 실행에 옮겼다. 미신의 세계는 정말 무궁무진하더군요. 현관문에 담뱃갑 올려두기, 머리카락 뽑아 거실 천장 네 귀퉁이에 붙여

두기, 속된 말(무엇을 적었는지는 죽을 때까지 비밀로 할 생
각입니다…)을 쪽지에 적어 집 안에 숨겨두기 등 그 기
원에 의구심이 들 수밖에 없는 기괴한 것들뿐이었는데,
모든 행위의 공통점이라면 뭔가 부정하고 음습한 것을
집 안 어딘가에 비밀스럽게 숨겨두는 것이었다. 사람들
이 그 기운에 사로잡혀 계약서에 사인까지 하게끔 만드
는 걸까? 실로 옴총난 미신의 세계여라…. 아무튼 집 안
에 숨겨둔 오만 가지 쪽지와 터럭…들이 남편에게 발각
되는 건 아닐까 염려스러울 때쯤 드디어 새로운 세입자
를 구했다는 연락을 받았다. (신기하여라! 미신의 세계…!)

　연락을 받은 그날, 바로 두 번째 집에 계약금을 걸었
다. 두 번째 집은 공실이라 바로 들어갈 수 있었기에 내
친 김에 이삿날을 잡고 이사 견적까지 받았다. 그렇게
우리의 두 번째 보금자리를 찾는 여정도 순조롭게 마무
리되는 건가 싶었는데….

같지만 다른 세입자

얼마 못 가 살던 집 중개업자에게서 다시 연락이 왔다. 새로 구한 세입자가 계약금의 일부만 입금하고 나머지 금액을 차일피일 미루고 있어 계약 파기를 고려하고 있다는 거다. 처음엔 그저 겁이 와락 났다. 계약이 파기될 경우 내가 부담해야 할 금액을 다시금 상기시키는 중개업자의 너무도 당당한(?) 말투에 압도되어 "…어쩌죠? …정말 파기되면 어떡하죠?"만 연발하다 "일단 다시 한번 입금일을 조정했으니 그때까지 지켜보자"는 말에 전화를 끊었다. 그런데 생각해 보니 중개업자와 새로운 세입자의 계약 이행 여부에 대해 내가 책임 질 필요가 있는 건지 혼란스러웠다. 분명 나는 계약됐다는 중개업자의 전화를 받고 이사 준비를 시작한 건데, 새로운 세입자와 중개업자 사이의 신뢰 문제로 인한 집주인의 경제적 손실을 내가 떠안아야 하는 걸까?

여기저기 알아본 바에 의하면, 계약 기간이 남아 있

기 때문에 나에게도 책임 소재는 있지만, 새로운 세입자와 중개업자가 계약을 체결했고, 이걸 나에게 통보했다면 그 이후의 상황에 대해 내 책임은 없다는 의견이 대부분이었다. 중개업자도 이 사실을 알아서일까, 자꾸만 전화를 걸어 내가 책임져야 한다는 걸 확인하고자 했다. 서럽게도 중개업자에게 중요한 건 꾸준히 복비를 벌어다 줄 '집'을 가진 집 주인이지, 나 같은 세입자가 아니니까. 자칫하다간 이사 갈 집과 이사 나갈 집, 양쪽 집 월세를 부담해야 할지도 모른다는 생각에 속앓이를 하던 내게, 남편과 부모님은 더 이상 중개업자와 이 문제에 대해 논의하지 말라고 딱 잘라 말했다.

어느 날엔 중개업자가 전화해 또 똑같은 얘기를 늘어놓기에, 나는 책임질 부분이 없다고 잘라 말했다. 그러자 말이 끝나기 무섭게 다른 중개업자가 전화를 바꾸더니 반말로 언성을 높이는 게 아닌가. "가만히 있으라면 있을 것이지 왜 그렇게 전화를 해대서 사람을 힘들게 만들어!!!"라며…. 아니 저기요, 그러니까 이 전화, 그쪽에서 걸었는데요…?

　이 중개업자의 만행은 여기서 끝나지 않았다. 더 이상 전화는 걸려오지 않았지만 이삿날, 관리비와 수도세, 전기세 등등의 정산을 위해 아파트 관리실을 찾았는데, 부동산에서 절대 정산해 주지 말라는 얘기를 전달받았다며 한번 확인해 보라는 게 아닌가. 아침부터 이삿짐 챙기느라 힘들어 죽겠는데 이런 일까지 벌어지다니…. 남편을 만난 이후로 단단히 봉인해 두었던 또 다른 자아가 스멀스멀 수면 위로 떠오르던 찰나, 남편이 말했다. 부동산에 다녀올 테니 잠시 기다리라고.

　나는 지금껏 단 한 번도 남편이 다른 사람에게 화내는 모습을 본 적이 없다. 물론 여기서 저는 '다른 사람'에 들어가지 않습니다. 왜냐면 부부는 일심동체니까?

아무튼 과연 이 뼛속까지 양반인 사내가 안하무인 부동산 중개업자들을 상대로 어떻게 깔끔하게 정산하고 나올 수 있을까, 한 달치 월세까지 다 내어주고 허허 웃으며 돌아오는 건 아닐까 노심초사하던 그때, 남편이 돌아왔고 아무렇지 않게 관리실로 들어가 태연하게 나머지 금액을 정산했다. …음? 이렇게 간단하게? 남편에게 어떻게 되었는지 묻자, 더욱 아무렇지도 않은 목소리로 대답했다.

"그냥 별말 없이 관리실에 연락하던데?"

내가 오프라인 부동산 손절을 다짐하게 된 첫 번째 이유. 부동산 중개업자에게 남편과 나는 같은 집에 세 들어 살고 있지만 같은 세입자는 아니었다. 주말이건 평일 한낮이건 집을 보여줄 때면 추리닝 차림으로 소파에 앉아 있던 나. 중개업자의 으름장에 "어떡하죠?"를

연발하며 소심하게 동요했던 나는 누가 보아도 내 집을
자력으로 장만할 만큼의 경제적 여유도, 경험도 없는
쪼그만 여자(애)일 뿐이었으니까.

편하게 둘러보고 가세여~~~

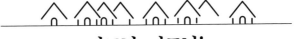

사모님, 사모님!

해가 떨어지면 책방 문을 닫는다. 하루의 영업을 마치고 책상 앞에 앉아 작가 모드로 스위치를 바꿔 켠다. 분명 어제저녁에도 책상 앞에 앉아 몇 줄을 더했는데, 책방지기로 있었던 반나절은 오늘의 첫 자를 적기까지 또 많은 시간을 필요케 한다.

책방을 한다고 했을 때, 주변 사람들은 내가 난생 처음 사업을 — 그것도 '코시국(코로나19 시국)'과 전혀 맞지 않는 책방 사업을 — 한다는 것보다 손님을 직접 만나 물건을 판다는 사실에 놀라워했다. 접객을 한다는 게 결코 쉬운 일이 아닌데 오랜 시간 혼자 일해온 내가 과연 잘할 수 있겠냐는 우려 섞인 반응이 대부분이었다. 나 역시 걱정이 없었던 것은 아니었으나 한 달간의 경험에 비춰 보자면, 책을 파는 일은 생각보다 꽤 괜찮다. 마음에 드는 책을 찾아 사 가는 손님을 볼 때면, 내 책을 통해 위로받았다는 독자를 만났을 때와 비슷한 감정을 느끼기 때문이다.

오히려 난감했던 순간은 '책방지기인 내'가 '작가인 나'를 만나러 온 손님을 대해야 할 때다. 결제 도와드리겠습니다~"라는 멘트와 "사인에 성함은 어떻게 해드리면 될까요?"라는 멘트를 몇 초 간격으로 한다는 것은 상당히 겸연쩍은 일이었다. 이럴 때면 또 바코드 리더기는 왜 이리 말을 안 듣는지…. 결국 문제는 내가 생각하는 나와 타인이 기대하는 내가 다른 경우다.

남편과 함께 부동산에 가면, 모든 부동산 중개인이 나를 사모님이라 불렀다. 30대 후반 기혼 여성을 달리 어떻게 부를 수 있겠냐마는 '사모님' 소리를 들을 때마다 마음이 불편했다. 중개인의 차를 얻어 타고 집이라도 본 날엔 '사모님'이 과연 요 앞 버스 정류장에서 세워달라고 해도 되는 건지 잠시 고민하기도 했다. 드라마 속 사모님은 버스를 타고 퇴장하지는 않던데….

물론 '사모님'이라는 호칭에 존중이 담겨 있음은 알

고 있다. 30대 후반으로 접어들면서 분노에 휩싸인 '아저씨'들로 부터 종종 "아줌마!!" 소리를 들어보기도 했으니까. 그래도 이런 경우 큰 위화감은 없다. 나를 화나게 하고 싶은 '아저씨'들의 목적에 부합하는 아주 적당한 단어니까. 막말로 "그럼 아줌마지, 아가씨야?"라고 되물으면 딱히 할 말도 없그등여….

다만, 이왕 존중의 의미가 담긴 호칭이라면 '사모님'이 아닌 다른 호칭을 쓰는 편이 좋지 않을까 싶다. '사모님'이란 '남자 선생님의 아내'를 뜻한다. 분명 상담 데스크에 앉아 있는 건 나뿐이건만 '사모님'이라는 단어 한마디로 남편은 집을 보는 내내 시시각각 소환되었다. 마음에 드는 집이 있어 몇 번을 "yes"라 외쳐도 문장은 결국 남편의 "!(느낌표)"가 있어야 완성됐다. 이 자리에 있지도 않은 남편의 부인인 '사모님'이 된다는 건 그다지 유쾌하지 않은 일이다. 게다가 내 또래 미혼 여성이 그 의례적 호칭을 접했을 때의 정신적 충격이란 상상조차 하고 싶지 않다.

여성과 달리 남성을 부르는 말은 '선생님'이나 '사장님'처럼 결혼 여부와 무관한 호칭이 보편적이다. 게다가 실제 직함과 무관하게 일을 하건 안 하건 나이가 지긋한 남성에겐 존중의 의미로 '사장님'이라 부르기도 한다. 부동산을 방문하는 손님 중 은근슬쩍 직업이 있음을 어필하는 여성이 나쁘지 않을 터, 까짓것 그런 여성들에겐 호쾌하게 '사장님'이라 불러주는 건 어떨까! 내 인생에서 제일 비싼 물건을 거래하러 왔는데, 2년에 한 번쯤은 그렇게 불려보는 것도 좋지 않을까?

나라는 사람

앞서 이래저래 불평을 늘어놓긴 했지만 '사모님' 호칭은 양반이다. 남편과 동행하지 않는 경우, 그러니까 나에 대한 힌트라고 할 만한 것이 오로지 내 외모와 차림새뿐인 경우, 사람들은 내게 어떤 호칭을 붙여야 할지 난감해했다. 지금 살고 있는 세 번째 집은 반전세에서 전세로 예산이 줄어든 상태에서 구한 집이다. 경기가 어려워지면서 남편과 합의한 바였다. 당연한 얘기지만 마음에 드는 집이 좀처럼 나타나지 않아서 결국 남편과 각자 부동산에 연락해 보기로 했다. 가까운 부동산 중 남편이 간 곳 빼고는 다 갔다. 오죽하면 어떤 부동산에선 내 소문 ― ××원짜리 전세를 찾는 손님이 돌아다닌다는 ― 을 들었다 했다. 그런데 뭐랄까. 내가 아무리 사뭇 진지한 표정으로 예산과 방 개수, 평형 따위를 말해도 진중하게 받아들이는 곳이 없었다. 지금껏 펼쳐본 적 없고 앞으로도 펼쳐볼 일 없어 보이는 두꺼운 노트 하나를 꺼내 전화번호 하나 적어두고 가라는 곳이 대부분이었다. 충분히 예상 가능한 일이지만 전화는 걸려오지 않았다. 남편과 함께 방문했을 때와는 너무도 다른 응대에 좌절감을 느꼈다. 과장을 좀 섞자면 대출 하나 없이 2층짜리 단독주택을 소유한 사모님에서 집도 절도 없이 갚아야 할 빚만 남아 있는 예비 신용 불량자로 전락한 기분이었다.

'사모님'이라는 호칭을 생략한 채 '××원 전세 고객'으로 보러 다닌 집은 실로 참담했다. 너무 작거나, 너무 오래됐거나, 복잡한 상황에 놓여 있거나, 말도 안 되는 구조였다. 더욱 힘이 빠지는 것은 거의 모든 중개인이 한 눈에 봐도 문제가 있어 보이는 그 집을 적극 추천했다는 거다. 탐탁지 않아 하는 기색을 보이면 백이면 백 이렇게 말했다. 그 예산에는 이런 집도 찾기 어렵다고. 물론 줄어든 예산으로 기존에 살던 집과 엇비슷한 집을 찾고 있는 나를 보며, 중개인은 중개인대로 답답한

노릇이었을 것이다. 그렇게 꾸지람(?)을 들으며 한숨을 폭폭 쉬고 있자니, 태평하던 남편도 뒤늦게 마음이 급해져 집을 구하러 나섰다.

그리고 얼마 가지 않아 남편은, 매일같이 포털사이트의 부동산 페이지를 한 시간씩 뒤지던 나조차도 처음 보는, '없던 매물'을 소개받았다. 중개인이 집 주인을 설득해 월세를 전세로 돌린 집이었다. 마음에 쏙 드는 것은 아니었지만 지금까지 내가 본 집들과는 차원이 달랐다. 오래되긴 했어도 꽤 넓고 관리가 잘 되어 있었다.

결국 우리의 세 번째 집은 그렇게 찾아냈다. 처음에는 이 지난한 여정을 끝낼 수 있다는 사실에 그저 기뻤다. 그런데 시간이 흐를수록 어쩐지 화가 났다. 같은 예산에 같은 조건의 집을 찾고 있는데, 남편이 소개받는 집과 내가 소개받는 집이 이리도 다를 수 있을까? 한 번 정도였다면 그냥 그럴 수도 있겠거니 하겠지만, 이런 일이 세 번이나 더 있었다. 대관절 이 차이는 무엇 때문이란 말인가?

　민소매에 반바지, 쪼리를 신고 배낭을 짊어진 직장도 없고 딸린 식구도 없어 보이는, '사모님'으로 분류되지 않는 30대 여성은 그 처지에 대한 부연 설명을 원하는 이들과 꽤 자주 마주한다. 그들의 의심 어린 눈빛은 내 신원을 보장해 줄 다른 뭔가가 필요하다고 말한다. 아마도 은근슬쩍 '남편이 있다'는 말을 흘리거나 '대표'나 '이사' 정도 되는 그럴듯한 명함을 건네지 않는 이상 그 의혹은 사그라지지 않을 것만 같다. 물론 이런 차림새로 그런 명함을 내밀면 더욱 미심쩍어 할 것 같기도 하지만…. 별다른 노력을 기울이지 않아도 사장님일 수 있는 남편과 달리, 믹스 커피를 들이켜 가며 그림을 그리고 글을 썼던 많은 밤이 무색하게도, 부동산 중개인에게 나는 '사모님'이거나, '아줌마'이거나, '저기요' 였다. 그래서 나는 이 세 번째 집의 계약 기간이 끝나가는 지금, 치솟는 전세값 뉴스를 보고도 집 앞 부동산에 연락하는 대신, 남편의 엉덩이만 발끝으로 꾹꾹 누르고 있다.

[세입자의 집]

사람, 사람들

오늘도 책방 카운터에 앉아 하릴없이 손님을 기다린다. 음, 생각해 보니 책도 정리해야 하고 입고 메일도 써야 하고 포장에 청소에… 혼자 사부작사부작 처리해야 할 일은 차고 넘치니 하릴없다는 말은 취소. 쏜살같이 흘러가는 영업시간이지만 마음만은 항상 손님을 기다리고 있다…는 편이 더 적당하겠다.

그러니까 요즘, 까놓고 말해 손님이 없다. 날씨 좋은 주말은 많아야 열팀, 평일에는 아무도 들러주지 않은 날도 있으니, 문만 열어놓으면 손님이 자동으로 찾아와 주실 거라 생각한 과거의 나, 인생 처음이자 마지막으로 눈처럼 순수했지 싶다. 손님이 문을 여는 소리만 들려도 귀가 쫑긋 서고 꼬리가 있다면 프로펠러처럼 방정맞게 흔들어 재꼈을 것 같은데, 이런 내 마음에 적극적으로 화답해 주시는 손님은 거의 없다.

화답이라면 뭐 어떻게 해야 하는 거냐. 목덜미라도 긁어줘야 하는 건가 싶겠지만, 단순히 말해 이곳이 '책방'이라는 것을 반기는 손님이 좀처럼 없다는 얘기다. '카페는 언제 오픈하나요?'라거나 "여긴 뭐 파는 데예요?"라고 물어보시는 손님이 대부분. 실망한 기색이 완연한 채 돌아서는 손님의 뒷모습을 볼 때면 내가 왜 진즉에 먹을 수도 없는 책 따월 팔기로 했는지 잠시나마 후회스럽기까지 하다.

내가 좋아하는 물건으로 공간을 가득 채운다 해도 그 장소에 찾아와 기꺼이 지갑을 여는 손님을 만날 수 있다는 보장은 어디에도 없다. 책방에서 파는 2,000원짜리 볼펜 하나도 그러한데, 하물며 수억 원을 호가하는 집은 오죽할까. 내 마음에 쏙 들게 꾸며놓은 집이라 해도 누군가에겐 유치하기 짝이 없을 수 있고, 나 역시 다른 이의 손때 묻은 집에 가면 이 집은 어찌하여 이런 지경에 이르렀는가 난감할 수 있다. 실제로 집을 보고, 보여줄 때면 그런 경우가 대부분이다.

기적처럼 마음에 쏙 드는, 게다가 예산까지 딱 맞는

집을 찾았다면, 한 번 의심해 볼 필요가 있다. 어째서 이런 집이 아직까지 나가지 않고 돌고 돌아 내 앞에 나타났는지에 대해. 세 번째 집을 찾기까지 무수히 많은 집을 보았고 약 네 번 정도 '아! 이 집이다!' 싶었던 곳이 있었다. 세 곳은 계약 직전까지 갔다가 결렬됐고 나머지 한 곳은 계약금까지 걸었다 파기했다. 네 곳 다 각양각색의 상상도 못 한 문제가 있었는데, 지금은 그 중 두 군데에 대한 이야기를 해볼까 한다.

첫 번째로 마음에 들었던 곳은 남편이 소개받은 집이었다. 혼자서 집을 보고 온 남편이 마음에 든다 해서 나와 함께 보러가기로 했는데, 어째 세입자가 집 보여주기를 꺼렸다. 의지와 상관없이 집을 보여줘야 하는 세입자의 마음을 나도 잘 알기에 제시한 시간에 맞춰 방문했는데, 무엇 때문인지 한낮인데도 사방에 커튼을 둘러쳐 밤처럼 어두웠다. 당황한 건 남편도 마찬가지. 채

광이 좋다며 끌고 온 집인데 빛이 들어오는 걸 확인할 길이 없으니, 방 구조만 보고 나왔다. 채광은 확인 못했지만, 꽤 넓고 관리도 잘 되어 있어서 남편 말을 믿고 계약하기로 했는데, 이번엔 부동산 중개인이 감감무소식. 일주일이 지나도 답장이 없어 재차 연락해 보니, 끝내 세입자가 말썽이었다. 집 주인이 월세에서 전세로 돌리려고 하던 차, 기존 세입자가 전세로 살 생각은 없다고 해서 내놓은 집. 그때만 해도 지금처럼 전세 매물이 없지는 않아서 기존 세입자는 마음 놓고 있었던 듯하다. 그런데 얼마 못 가 전세 계약을 원하는 우리 부부가 나타났으니, 월세로 계속 살 수 있을 거라 막연히 생각했던 세입자 입장에선 달갑지 않았을 터. 그래서 집 보여주기를 피했고, 마지못해 보여준 날은 실내를 일부러 어둡게 만들어놓았던 것이다. 우리 부부가 계약 의지를 굽히지 않으니, 이제는 자신이 어떻게든 보증금을 구해 전세로 들어오겠다고 말을 바꿨다고 했다. 드디어 집을 구했다며 기뻐했던 남편과 내겐 여러모로 김빠지는 일이었다. 세입자가 이런저런 핑계를 대며 차일피일 미루는 바람에 거의 3주가 흘러, 이젠 우리도 마음이 급했다.

두 번째는 계약 만기가 임박해 가까스로 찾은 집, 남편과 나 둘 다 마음에 들었다. 집도 넓고 리모델링한 지 얼마 안 돼 깨끗했다. 이상한 점은 그야말로 완벽한 이 집이 만기가 다 되도록 신규 세입자를 찾지 못하고 남아 있었다는 것과 부동산 중개인이 스쳐 지나가듯 한 말 — 안방 전등 스위치에 문제가 있어서 이사 당일 간단하게 수리를 해야 한다는 것 — 뿐이었다. 아무래도 석연치 않아 남편이 기존에 알던 부동산 중개인에게 살짝 물어봤는데, 그 실상은 기가 막히고 코가 막히는 것. 간단한 수리라고 했던 게 알고 보니 천장을 뜯어내는 대공사였다. 기존 세입자는 본인이 거주하는 동안 그런

대공사는 할 수 없다고 버텼고 집주인은 새로운 세입자가 나타나기 전까진 보증금을 줄 수 없다며 버티는 바람에 만기가 다 되도록 신규 세입자를 구하지 못한 것이었다. 이 모든 사실을 알면서도 숨긴 중개인과 그 옆에서 아무 말도 하지 않았던 세입자의 태도에 기가 찼다. 이 모든 상황을 해결해 줄 것은 오로지 나 같은 뉴비, 새로운 세입자뿐이니 중개인, 세입자, 집주인이 똘똘 뭉쳐 함구 하고 한 놈만 걸려들기를 기다리고 있었던 거다. "아니, 그래서 네가 이사하는 날 천장 뜯어야 하는 거 알게 되면 어떻게 하려고 그랬대?"라고 묻는 순수한 친구들이 있어서 말씀드립니다만 저는 안 봐도 비디오입니다. "이렇게 큰 문제인 줄 우리도 전~혀 몰랐다…"라고 잡아뗄 중개인의 눈망울이….

조상신이 도왔는지 이사하는 날 천장을 뜯는 청천벽력 같은 사건은 일어나지 않았지만, 이후로 두 번의 심란한 사건을 추가적으로 이겨내고 — 이 사건에 대해선 손수건 한 장 쟁여두고 뒤에서 따로 이야기하렵니다 — 어렵사리 구한 집이 바로 지금 살고 있는 이 집이다. 앞에서도 얘기했듯이 마음에 쏙 드는 집은 아니었지만 너무 많은 일을 겪고 나니 타협할 수 있는 정도의 집을 찾았다는 것만으로 감사했다. 마당이 있는 1층이라 바퀴벌레가 자주 출몰하고, 지금이 낮인지 밤인지 구분이 안 될 정도로 해가 들지 않고, 환기도 안 되고 화장실 수압도 낮지만… 급등한 집값과 씨가 마른 전세 매물을 생각하면 네 번째 집을 찾는 여정도 만만치 않은 가시밭길일 것이 뻔하기 때문에 지금 이 집에도 미련이 남는다. 그래도 결혼 6년 차, 힘들긴 했지만 항상 어떻게든 집은 구했고, 마음에 드는 집이건 그렇지 않은 집이건 살다 보면 항상 문제가 있었다. 그저 이번에도 조상신이 굽어살피사 뒷목 잡는 일은 생겨도 목돈 잃는 일은 없기만을 바라며, 슬슬 네 번째 집을 향한 시동을 걸어본다.

부동산 투어
필수템!

I See You 헤어 밴드

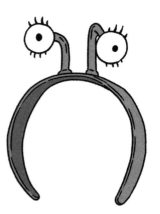

어쩐지 뒤통수가 불안할 때
조용히 착용해 주시면 걱정 끝!

이방인

이 책을 읽는 독자 중에는 아는 이도 있겠지만 나는 신혼생활을 만화로 그려 웹툰 작가로 데뷔했다. 오랜 준비 기간을 거치지 않고 데뷔할 수 있었던 데는 운이 가장 컸지만 아주 조금은 남편에 대한 사랑으로 가득 찼던 그 시절을 낱낱이 기록하고 싶었던, 내 따끈따끈한 애정과 열정도 한몫하지 않았나 싶다. 하지만 언제까지나 신혼일 수는 없는 법. 남편의 모든 것이 예뻐 보였던 얼마간이 지나자 다툼이 시작되었다. 30년이 넘도록 다른 환경에서 살아온 두 사람이 하루아침에 한 집에 살기 시작했는데, 싸우지 않는 게 더 이상한 일이건만 사랑 넘치는 일상을 소재로 만화를 그리던 나는 연재 기간이 길어질수록 대나무숲으로 들어가 소리치고 싶은 날들이 늘어만 갔다.

"내가!! 결혼을!! 왜 했는지!! 나도 모르겠다!!"라고….

결국 연재를 시작한 지 1년 반 만에 데뷔작을 마무리 지었다. 그렇게 웹툰 작가로서의 경력은 다소 급하게 마침표를 찍었지만, 독립출판을 통해 유부녀의 삶을 솔직하게 털어놓음으로써 대나무숲을 찾아다닐 필요 없이 작업 활동을 이어나갈 수 있게 되었다.

이제와 생각해 보면 인생에서 엄마, 아빠, 오빠를 제외한 다른 사람과 한 집에 살아본 경험이 거의 없다시피 한 내가 남편과 살면서 별다른 마찰이 없으리라 기대했다는 사실이 도리어 신기하다. '우리집'은 내 몸이 머무르는 물리적인 공간이라기보다 부모님과 오빠와 내가 함께 밥을 먹고 몸을 씻고 잠을 자는 곳이었다. 어제까지만 해도 남자친구였던 커다란 남자와 앞으로 쭉 함께 산다고 해서 바로 '우리집'이 될 수는 없는 노릇이었다.

1년 동안 사랑한다고 매일같이 고백하고, 그 부모님께 허락까지 받은 뒤 수십 명의 지인들을 모아놓고 잘 살겠노라 선언한 남자와도 한 집에 살기 시작하는 순간 싸우는데, 하물며 비행기로 열다섯 시간 떨어진 나라에서 나고 자란 백인 여자애와는 어땠을까.

　2005년, 교환학생 신분으로 미국 중부에서 반년을 보냈다. 교환학생은 주로 신입생들이 머무는 저렴한 기숙사에서 시끌시끌하게 지내는데, 처음으로 가족 곁을 떠나 살게 된 나는 최대한 조용한 환경에서 지내고 싶은 마음에 대학원생들이 사용하는 2인 1실 기숙사를 택했다. 방 두개가 화장실을 사이에 두고 연결되어 있는 구조로 서너 명이 샤워실이 딸린 화장실 하나를 공유했다.

　내 룸메이트는 짙은 갈색 머리를 가진 백인 여자애로 시카고에서 온 학부생이었다. 그녀는 내가 공부를

하러(!) 열다섯 시간 이상 비행기를 타고 미국에 왔다는 사실에 충격을 받았는데, 나 역시 그 친구가 지금까지 미국 밖으로 나가본 적 없다는 사실에 놀랐다.

결론부터 말하자면 나와 룸메이트는 사이가 좋지 않았다. 당시 내 영어 실력은 듣는 건 자신 있었지만 말하는 건 좀 버거웠는데, 룸메이트는 몇 번의 대화 끝에 내가 영어를 아예 못 한다고 판단했나 보다. 하루는 학생 식당에서 우연히 마주친 룸메이트에게 먼저 인사를 건넸는데, "쟤 너한테 뭐라는 거야?"라고 묻는 친구에게 그녀는 "몰라 그냥 웅얼거려"라고 무심하게 말하고 돌아서는 게 아닌가.

그날 이후로 나는 최대한 그녀를 마주치지 않고 지냈다. 책상 두 개와 침대 두 개가 나란히 놓인 방에서 몇 개월을 함께 지내야 하는 사람을 모르는 척한다는 건

지금까지 단 한 번도 경험해 본 적 없는 고통이었다. 중학교 수련회에서 같은 방을 썼던 무리에게 따돌림 당한 적도 있지만, 그땐 하루 이틀 뒤면 사랑하는 가족이 있는 '우리집'으로 도망치면 그만이었다. 앞으로 반년간, 그녀와 공유해야만 하는 이 방이 '우리집'이라는 사실이 끔찍하고 숨막혔다. 결국 알고 지내던 유학생 선배 언니의 집에서 자거나 도서관에서 시간을 보내다 최대한 늦게 기숙사로 돌아왔다. 돌아와선 잠들기 전까지 이어폰을 끼고 랩탑으로 드라마를 봤다. 그렇게 몇 개월을 서로 투명인간 취급을 하며 보냈다. 기숙사를 떠나던 마지막 날까지 그녀와 나 사이엔 그 어떤 작별 인사도 없었다.

2005년, 기숙사 내 방 문 앞에서 손잡이를 돌리길 망설였던 시간이 생각난다. 문 밖에서도, 문 안에서도 나는 완벽한 이방인이었다. 룸메이트와 나는 '우리'가 몇 개월 뒤면 앞으로 죽을 때까지 마주칠 일 없는 사이라는 걸 알고 있었다. 그때 만난 거의 모든 사람들이 그랬다. 머물렀던 곳은 많았지만 '우리집'이라 부를 수 있는 곳은 어디에도 없었다.

[여행지]

캐나다 이층집과 할렘가 한인 민박

교환학생 시절, 나는 돈이 없었다. 아버지가 빚을 내서 새롭게 사업을 시작하셨기 때문이다. 하루 한 끼 먹는 밀플랜(Meal Plan)을 신청해서 정말 하루 한 끼만 배불리 먹었다. 그러고도 배가 고플 땐 식사 후 베이글을 소매 속에 숨겨 가지고 나왔다. 교내 식당엔 한국 학생이 거의 없었다. (그 학교에 한국인 교환학생은 오로지 나 한 명뿐이었다!) 유학생들은 별식(핫윙이나 햄버거, 파스타, 피자 같은 것들)이 먹고 싶을 때 한 끼 값만 따로 지불하고 교내 식당을 사용했다. 그들은 6개월 뒤 한국으로 돌아가는 나와는 달리, 집도 있고, 차도 있고, 밥솥도 있었으니까.

앞서 언급한 사건으로 룸메이트와 틀어지고 나니 영어로 대화하는 게 점점 더 힘들어졌다. 덕분에 전공 수업에서 만난 한국인 유학생 무리와 가까워졌는데, 그 친구들과 몰려다니는 동안에는 영어로 말할 필요가 없으니 마음이 편했다.

땡스기빙에는 무리 중 한 선배의 부모님 댁으로 다같이 놀러갔는데, 캐나다에 거주 중인 부모님 댁은 당시 나에게 엄청난 충격이었다. 영화에서나 봤던 서양식 주택이 세트장처럼 펼쳐졌기 때문이다. 비슷하게 생긴 집들이 작은 도로 양옆으로 쪼로록 늘어서 있고, 집마다 넓은 앞마당과 우체통과 차고가 있는 네이비 컬러 지붕의 연한 크림색 집이었다. 실내는 더욱 멋졌다. 침대와 화장대만 있는 '게스트룸'이라는 것이 실제로 존재했다. 게다가 게스트룸마다 각각의 테마 컬러가 있어 벽지색과 침구색이 우아한 조화를 이뤘다. 나와 선배 언니 한 명이 같이 쓰기로 한 방은 각양각색의 장식용 쿠션이 놓인 침대 위로 캐노피 커튼까지 쳐져 있었다. 그날 저녁, 응접실에 모여 다 같이 이야기를 나눴다. 나를 이번 여행에 끼워준 이들은 이미 서로 오랜 시간 알고 지내온 사이였고, 각자의 가족과 집에 대해서도 잘 알고 있었다. 묘한 소외감에 갑자기 엄마 목소리가 들고 싶었지만, 전화를 걸면 이 여행과 아름다운 집에 대해 말하게 될 것만 같아 그만두었다.

여행이 길어질수록 마음이 힘들었다. 거의 매끼를 사 먹었는데, 오랜 외국생활에 지친 유학생들은 맛있다는 한식당을 찾아 다녔다. 김치찌개, 감자탕 같은 음식도 꽤나 비쌌다. 돈이 아까웠지만 내색할 수가 없었다. 대형 쇼핑몰 구경을 갔을 땐 부모님 허락 없이 100만 원 가까이 하는 명품구두와 가방을 마음대로 살 수 있다는 데 놀랐다. 나중엔 내 손만 가벼워서 일행의 쇼핑백을 들어줄 수밖에 없었다. 고급 레스토랑에 들어갔을 때는 코스 가격에 놀라 나만 빠져나오기도 했다. 여러모로 내 사정과 맞지 않는 여행이었다. 나중에는 좋은 것을 봐도 뭐 하나 선뜻 살 수 없는 내 처지가 서러워 빨리 여행을 끝내버리고 싶었다.

지금 생각해 보면 꼴사나운 건 내 쪽이다. 내 딴에는 티 내지 않으려 했다지만 아마도 다들 눈치 챘을 것이고 그런 나 때문에 불편했으리라. 오랜 시간 함께해 온 그들이 곧 한국으로 돌아갈 나를 긴 여행에 끼워준 것만으로도 고마운 일이었다. 함께 레스토랑에 갔던 언니는 코스 가격을 보고 못 먹겠다 일어선 나 때문에 얼마나 당황했을까. 함께 여행을 한다는 건 누구나 불편한 부분이 있기 마련인데, 밥 한 끼 가격에 속상해하고 쇼핑백 한 번 들어주며 입을 삐죽거렸다.

그해 겨울, 드디어 학기가 끝났다. 한국에 얼른 돌아가고 싶었지만 애초에 계획한 대로 혼자 일주일 정도 뉴욕 여행을 하기로 했다. 숙소는 저렴한 한인 민박으로 정했다. 캐나다 여행에서 함께 방을 썼던 언니는 민박집 위치를 듣더니 할렘가 근처라며 걱정했다. 기숙사 퇴실일이 뉴욕행 비행기 탑승일보다 빨라서 언니 집에서 하룻밤 신세를 졌다. 뉴욕으로 떠난 후에도 전화가 몇 번 왔는데, 일부러 받지 않았다. 그곳을 떠남과 동시에 모든 기억을 없었던 걸로 하고 싶었다. 언니 말대로 숙소는 할렘가 초입에 있었는데, 들어서는 순간 공기가 달랐다. 외국 힙합 뮤직비디오 어드메서 본 것처럼 드럼통 주변으로 덩치 큰 흑인 무리가 불을 쬐고 있었고, 그중 몇 명이 나에게 욕설을 퍼부었다. 숙소는 사진에서 본 것보다 열악했다. 내가 묵기로 한 방은 거실에 커튼 한 장을 쳐서 만든 공간으로, 맘만 먹으면 아무나 들어올 수 있었다. 침대는 이케아 철제 소파였는데, 엉덩이만 걸쳐도 삐걱거렸다. 오래되어 얇아진 빨간색 매트리스는 없느니만 못했다.

그래도 내 마음은 캐나다 여행에서 묵었던 아름다운 게스트룸보다 편했다. 그 시절 내 알량한 자존심이 상처받지 않고 감당할 수 있는 장소는 할렘가의 한인 민박, 커튼으로 구분해 놓은 한 평짜리 공간이었다.

다른 사람을 이해하려면 나에게 그 사람을 이해할 수

있는 여유가 있어야 한다. 매일은 아니어도 이따금 스스로를 위해 비싸고 맛있는 음식을 사 먹을 정도의 돈은 지갑에 넣어두고 다닐 수 있게 된 지금의 나는, 힘들었던 시절의 못난 나와, 부족함 없던 유학생들과, 심지어 노상방뇨를 위해 책방 뒷마당에 무단 침입하는 사람들까지도 이해(하려고 노력)한다. 졸렬하지만 타인을 생각하는 내 마음은 주머니 속의 몇만 원에서 출발하는지도 지도 모른다.

덧. 재작년 가을, 언니를 우연히 동네 요가 스튜디오에서 만났다. 언니는 유학을 마치고 한국에 들어와 교수가 되었고, 근처에 살고 있었다. 뉴욕에서 전화를 받지 못했던 이유를 뒤늦게 고백하고 늘 고맙고 죄송한 마음을 가지고 있었다고 털어놓았다. 언니는 내가 기억하는 사건들을 거의 기억하지 못했다. 덕분에 슬픔으로 묻어뒀던 그때의 기억은 뒤늦게나마 별것 아닌 것이 되었다.

그날의 소개팅

교환학생 프로그램이 끝나고 한국에 돌아왔을 때, 공항에 마중 나온 엄마는 나를 몰라봤다. 청바지는 두 사이즈 늘어났고 가져간 티셔츠는 딱 달라붙는 크롭티가 되었다. 버스를 타고 집으로 가면서 엄마와 나는 말이 없었다. 아빠가 엄마 몰래 보내준 용돈 때문일 수도 있고, 몰라보게 변한 내 모습 때문일 수도 있었지만, 지금 생각해 보면 그냥 살기 힘들어서 그랬던 것 같다.

6개월 만에 집도 바뀌었다. 이전 집과 비슷하게 작고 비슷하게 낡았지만, 상가가 있는 복도식 아파트라는 점이 달랐다. 복도 쪽에 붙어 있던 내 방은 아침이면 잠을 잘 수 없을 정도로 시끄러웠다. 새벽의 신문배달 소리에 깨고, 급하게 뛰어가는 직장인의 발자국 소리와 학생들의 웃고 떠드는 소리에 다시 깼다. 오래된 집이라 방음도 거의 안 됐다. 밤에는 우는 아이를 혼내가며 목욕시키는 소리가 배관을 타고 올라왔다. 자정이 넘으면 아파트 상가의 맥주집을 나서는 만취한 사람들의 고성

방가를 견뎌야 했다. 졸업반이던 나는 무엇을 해야 할지 알 수 없었다. 가고 싶던 회사의 인턴은 전부 탈락했다. 갑자기 찐 살은 좀처럼 빠지지 않았고, 엄마와도 하루가 멀다 하고 싸웠다.

그러던 어느 날, 내 상황을 알고 있던 친한 선배가 소개팅을 해주마 했다. 어째서 암담한 현실의 탈출구로 연애를 떠올렸는지는 당최 알 수가 없지만⋯ 상대방은 금융감독원에 다니는, 나보다 서너 살 많은 남자였다. 당시 경영학과 학생들에게 금감원은 꿈의 직장이었다. 미래가 불투명한 졸업반 학생인 나에게 과분하다 생각했다. 탄탄대로만 걸어온 듯한 그 남자는 첫눈에 보기에도 자신감이 넘쳤고, 매너도 좋았다. 청담동의 어느 레스토랑에서 밥을 먹었는데, 우리나라에 이렇게 화려한 동네가 있다는 것도 그때 알았다. 상대방은 아무 잘못도 하지 않았는데, 나 혼자 자꾸만 주눅이 들었다.

눈이 와서 미끄러운 길을 조심조심 살피며 걷다 보니, 그가 신은 명품 운동화의 로고가 눈에 들어왔다. 조금이라도 날씬해 보이고 싶어서 신은 하이힐 때문에 나는 두 번인가 넘어질 뻔했다. 남자는 걱정되었는지 집까지 데려다 주겠다 했다. 혼자 가도 괜찮다고 만류했지만 그는 끝끝내 우리집 앞까지 함께 걸어왔다. 발걸음을 멈추고 이게 우리집이라고, 이만 들어가 보겠다고 말 했을 때, 남자는 "아, 여긴가요?"라고 묻더니 주변을 둘러봤다. 그리고 나는 느꼈다. 약간은 당황한 듯한 그의 표정과 말투에서, 어쩐지 두 번 다시 만날 일은 없을 것만 같은 미세한 실망감을. 몇 분 전까지만 해도 한사코 집까지 데려다 주겠다던 그 사람은 어색한 짧은 인사만 남긴 채 바로 돌아섰고 어떤 연락도 없었다.

10여 년의 시간이 흘러 어느덧 내 나이도 30대 후반이 되었다. 기억 속 남자의 나이는 많아야 스물여덟, 이제 막 돈을 벌기 시작한 사회 초년생의 마음을 지금의 나는 잘 알고 있다. 자격지심으로 똘똘 뭉쳐 있던 그때의 내가 그의 눈에 어떻게 보였을지도. 그럼에도 불구하고 나는 가끔씩 모든 것이 불안했던 그 시절로 돌아간다. 날이 갈수록 희미해지는 나의 존재를 확인하기 위해 티끌만 한 사랑이라도 줍고 싶다. 나를 작아지게 만드는 것은 오로지 나뿐임을 알지만, 세상은 이따금 나를 등진 채 빠르게 움직인다.

[본가, 결혼 후의 집]

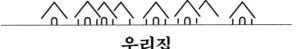

우리집

여행을 갈 때는 반려묘 싱고를 엄마 집에 맡긴다. 남편이 집에 남아 있을 때도 그렇게 한다. 아침에 나가서 저녁 늦게 들어오는 남편이 하루 세 번 화장실을 가고 두 번 정해진 시간에 밥 먹는 싱고를 돌보는 건 쉽지 않을 테니까. 솔직히 말하자면 여행이 끝나고 돌아왔을 때, 여기저기 흩뿌려져 있는 모래와 제대로 닦이지 않은 고양이 밥그릇을 보는 게 두려워서이지만… 이유야 어떻든 간에 부모님은 오랜만에 싱고를 보아 좋고 싱고도 내 눈치 볼 일 없이 양껏 간식을 얻어먹을 수 있으니 두루 좋은 일이라 생각한다. 너무 길어지지만 않으면.

한 번은 여행이 끝나고도 처리할 일이 많아 싱고를 2주 가까이 본가에 그냥 두었는데, 데려가는 날 진땀을 뺐다. 싱고가 나를 그야말로 '극혐' 했기 때문이다. 기를 쓰고 외면하는 싱고를 본 남편은 할머니 손에 자랐던 자신의 유년기가 떠오른다 했다. 나를 책임지는 존재 ― 대부분 '엄마'로 기대하는 ― 에게 버림받았다는 서운함. 엄마와 영원히 함께할 수는 없다는 깨달음. 누구나 한 번쯤 겪어봤을 그 상실감에 대한 두려움을 우리는 인생의 어느 지점에서 몰아낼 수 있는 걸까.

결혼하고 2년간 내 마음 속 '우리집'은 여전히 본가에 머물러 있었다. 남편도 그걸 아는지 서운한 일이 생길 때면 "너 너네집으로 가"라며 볼멘소리를 했다. 물리적으로 독립한 뒤에도 꽤 오랫동안 엄마가 있는 곳이 우리집이었다. 달려가면 나를 안아줄 사람이 있는 곳. 따뜻한 밥이 있고 깨끗한 침대가 있는, 섬유유연제 냄새가 나는 뽀송한 수건이 있는 곳. 엄마가 있는 곳엔 필연적으로 이 모든 것이 딸려 왔다.

시간이 흘러 남편과 내가 사는 우리집도 제법 모양새를 갖췄다. 문을 열고 들어가면 잠에 취한 싱고가 실눈을 뜨고 나를 쳐다본다. 남편과 나의 취향에 맞는 섬유

유연제도 찾았고 이불 커버도 철마다 갈아 끼운다. 매번은 아니지만 이따금 김치찌개 혹은 된장찌개 냄새와 밥 냄새가 날 때도 있다.

그럼에도 불구하고 한 조각 모자란 기분은 여전하다. 같은 갈치를 튀겨도 내가 튀긴 건 엄마가 한 것만 못하다. 심지어 엄마가 끓인 갈비탕을 그대로 가져와 데워 먹어도 맛이 없다. 남편과 내가 사는 우리집이 내 기억 속 우리집과 같아지려면 더 많은 사랑이 필요하다. 놀이터에서 신나게 놀다가 밥때가 되면 집으로 돌아가던 우리가, 이젠 스스로 엄마가 되어 서로를 맞아주어야 한다. 그렇게 상실감으로부터 독립한다. 돌아가고 싶은 우리집이 된다.

풍수가 뭐길래

지난해 남편은 병치레가 잦았다. 어느 날 갑자기 사물이 왜곡되어 보이더니 급기야 망막박리 판정을 받고 근 한 달을 엎디어 잤다.

어린 시절 수두에 걸렸을 때 절대 긁으면 안 된다고 주의를 받고 나서도 엄마의 감시가 닿지 않는 곳에선 수시로 긁적였던 것처럼, 말이 3주지 그래도 한 일주일 지나면 뭐 똑바로 잘 수도 있고 TV도 좀 보고 그렇지 않을까 싶었던 나의 안일함이여. 세상에는 엄청나게 다양한 '얄짤 없는 상황'이 존재하고 있었다. 고행자의 심경으로 몇 주를 보낸 뒤 남편은 가까스로 고개를 들고 다닐 수 있었다. 그러나 그것도 잠시뿐, 다시 한번 응급실을 찾았다. 이번엔 공사장 근처를 지나다 머리를 찧었다. 심각한 건 아니었지만 상처가 1cm 정도 벌어져 꿰맬 수밖에 없었고, 타이밍도 기가 막히게 공휴일이어서 어기적어기적 응급실을 찾아가 스테이플러로 한 땀 박았다. 살다 보면 이런 일도 저런 일도 있는 법. 그리고

안 좋은 일은 항상 한꺼번에 몰려오지 않던가. 몇 번이고 마음을 다잡아 봤지만 우리 부부에게 이 한 달의 회복기는 꽤나 힘들었다. 겨울이 깊어지면서부터 고양이 싱고도 아프기 시작했다. 수컷 둘과 함께 살면서 지금처럼 심각하고 길게 아픈 적이 없었기 때문에 입 밖으로 내지는 못했지만 혹시 무슨 마가 끼었나… 싶었다.

그런데 어제, 그러니까 이 겨울의 악몽이 정점에 달했던 날, 퇴근해 돌아온 남편이 느닷없이 철사로 된 옷걸이를 찾았다. 어디서 뭘 보고 온 건지 혼자서 꼬물꼬물 옷걸이를 펴고 접더니… 이 남자, 수맥 탐지 엘로드를 만들어 거실부터 안방까지 온 집 안을 누비고 다니기 시작했다. 남편은 안방 침대머리에서 급격하게 안으로 굽는 자체 제작 엘로드를 몇 번이고 보여주며 격앙된 목소리로 말했다.

"이 모든 일이 안방을 가로지르는 수맥 탓이야!"

그 옛날 목욕탕에서 유레카를 외치며 뛰어나온 아르

키메데스의 모습이 이러했을까. 그날 밤, 우리는 욕심 부려 장만했던 거대한 더블침대를 안방에서 작은 방으로 꾸역꾸역 옮겨 넣었다. 남편이 퇴근한 지 세 시간 만에 1년 넘게 안방이었던 자리가 옷방이 되고, 옷방이 안방이 됐다. 평온해야 할 저녁, 아닌 밤중에 수맥 타령을 하며 한바탕 난리를 피운 남편의 뜻에 그대로 따른 데는 그럴 만한 이유가 있다.

1년하고 6개월 전, 세 번째 우리집을 찾아 전전긍긍하고 있을 때, 정말 기적처럼 마음에 쏙 드는 집을 찾았다. 매일 아침 습관처럼 찾아보는 인터넷 부동산에 올라온 처음 보는 집. 반신반의하며 중개소에 연락했는데, 실제로 거래 가능한 집이 아닌가! 조금 작긴 했지만그 외에는 모든 조건이 들어맞았다. 리모델링한 지 얼마 안 되어서 깨끗했고 예산도 딱 맞았으며 실거주 중인 집주인이 곧 해외로 나갈 예정이라 비어 있는 집이

나 다름없었다. 역시 고진감래, 그동안의 서러움을 이 집으로 보상받는구나 싶어 가슴이 벅차올랐다. 누가 봐도 예산에 비해 훨씬 좋은 집이었기 때문에 당장 계약해야만 했다. 마침 남편이 근처에 있어 급하게 호출했는데, 어째 남편의 반응이 영 신통치 않았다. 도대체 이 남자가 왜 이러나 싶어 물어보니, 충격적인 대답이 돌아왔다.

"저 집터가 풍수적으로 좋지 않아…"

순간 나는 내 귀를 의심하지 않을 수 없었다. 그러니까 지금… 몇 개월간의 핍박(?)끝에 가까스로 찾아낸 (예비)홈 스윗 홈 앞에서, 집 터~어? 풍수~우? 집으로 돌아가는 차 안, 남편의 예상치 못한 발언에 기가 차서 눈물이 찔끔 나왔다. 그런 나를 옆자리에 앉혀두고 남편은 끝까지 말을 이어갔다. "그 부근이 예부터 터가 좋지 않아 집값이 상대적으로 싸다", "새로운 사업을 시작해야 하는 지금, 굳이 풍수적으로 나쁜 집에 들어가고 싫지 않다", "만약 저 집에 살면서 안 좋은 일이라도 생기면 집터 잘못 택한 탓 만 할 것 같다". 남편에게 "그럼 이제 우리 살 집은 너 혼자 알아봐라"고 소리친 뒤, 같이 타고 있던 차에서 도망치듯 내렸다. 간신히 구한 집에 (내 기준엔) 말 같지도 않은 이유로 초를 치는 남편이 원망스러웠다. 집을 구하기 위해 넘어야 할 퀘스트에 남편도 포함되어 있었다니. 억울한 마음을 그러안은 채 침대에 누워 눈물 콧물만 줄줄 흘렸다.

뺨을 타고 내려온 눈물이 허옇게 자국을 남기며 말라붙었을 때쯤엔 다행히 남편에 대한 분노는 조금 사그라든 상태였다. 함께 살 사람이 마음에 들지 않는다는데, 그 이유가 무엇이든 간에 내가 우겨 들어가 산들 행복할 수 있을까. 나 혼자 살 집이라면 누가 어떤 이유로 뜯어 말려도 내가 들어가 살고 싶으면 그만이지만, '우리집'이라는 건 일단 남편과 내가 — 그리고 싱고까지 — '우리'라는 이름으로 함께 해야 비로소 성립하는 개넘이지 않은가. 생각이 여기까지 미치자 더 이상 고집 부릴 필요도, 의욕도 없었다. 게다가 이 남자, 연애 시절에도 유명한 지관 선생님이 알려주셨다며 회사에 놓을 소금단지를 사느라 해맑은 표정으로 데이트에 늦었던 남자다. 그는 한결같이 풍수지리에 진심이었다! 왓 더 소나무 관심사!

이 사건 이후로 나는 풍수지리 카테고리에 관한 한, 남편의 뜻에 따르기로 했다. 나에게 중요하지 않은 사안이었다 할지라도, 배우자에게 중요한 일이라면 당연히 내게도 의미가 있다. 한 치 앞도 예측할 수 없는 세상살이, 그의 마음 속 불안함을 조금이라도 덜어주고 싶다. 한편으론 이 일을 계기로 내 쪽으로 살짝 기울어 있던 '집 구하기'의 책임을 남편 쪽으로 돌릴 수 있었다. 결과적으로는 내게도 좋은 일이었다. 다만 그때 그렇게 고르고 골라 선택한 이 집도 이제 와서 수맥이 안

방을 가로지른다 하니, 남편이 풍수 공부에 조금 더 매진해 주길 바랄 뿐이다. 아이고 삭신이야….

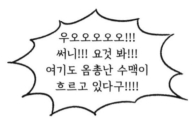

오늘 싱고가 물을 좀 많이 먹더라…

부부라는 이름으로

책방엔 전화기가 있다. 쓸 일이 얼마나 있을까 싶었는데, 종종 손님들의 문의 전화가 걸려오곤 해서, 지금은 두길 잘했지 싶다. 포털 지도 사이트에 등록도 하지 않았던 개업 초기에는 전화벨이 울리면 위치를 들켜버린 도망자처럼 심장이 둥당거렸다. 조심스럽게 수화기를 집어 들고 어디신지 물으면, 거의 대부분은 대출과 관련된 전화였다. 이건 뭐⋯ 지나치게 친절한 바리스타가 식기 전에 마셔야 맛이라며 코 밑까지 커피를 들이미는 느낌이라고 해야 하나. 도중에 말을 끊으면 무지하다며 호통이라도 칠 것 같은 엄청난 기세로 안내 문구를 쏟아내셨다. 그래도 이런 전화는 잠깐의 용기로 끊으면 그만이다. 아직 대출 받을 생각까진 없으니까. 문제는 나의 니즈를 교묘하게 파고드는 경우다.

포털에서 검색이 가능하도록 매장 위치를 등록한 날, 전화 한 통이 걸려왔다. 해당 포털 업체인데, 검색 우선순위에 오르도록 도와주겠단다. 응? 정말요? 하루 방문

하는 손님이 많아봤자 한두 명, 그날의 전기세를 아까워하며 문을 닫을 때가 더 많았을 때라, 귀가 팔랑거렸다. 무엇보다 해당 포털 업체에서 직접 관리한다 하니 마음이 확 움직였다. 그런데 어째 이야기를 이어나갈수록 묘하게 예의 대출 전화와 비슷한 느낌을 받았다. 필사적으로 나를 가두리 어장에 몰아가는 듯한 기분. 아무래도 이상한 기분이 들어 급하게 전화를 마무리했는데, 나중에 찾아보니 포털업체를 사칭해 광고비를 받고 잠적해 버리는 사기 업체인 듯했다. 왓 더…. 생각해 보면 대형 포털에서 일일이 사업주들에게 유선으로 홍보를 제안한다는 게 상식적으로 말도 안 되는 일이건만, 개미 새끼 한 마리 없는 매장을 쳐다보다 받은 전화이다 보니 하늘이 불쌍한 나를 굽어 살피사 기적처럼 내려준 동아줄로 착각하고 말았다. 절박함이란 사람을 그렇게 만든다.

풍수 때문에(!) 집을 놓친 이후로 남편은 적극적으로 집을 알아보고 다니기 시작했다. 계약 만기가 코 앞이었기 때문에 남편도 나도 절박했다. 그러다 결국 우리는 깨끗한 새 집에 홀려 별다른 고민 없이 미분양 신축 빌라를 전세로 덜컥 계약하고 말았다. '미분양'이라는 단어가 어째 뉴스에서 많이 봤던 것 같아 찜찜하긴 했지만 "문제 있는 집이 아니다"라는 중개인의 말에 마음을 놓았다. 계약금으로 100만 원을 입금한 뒤 이제 정말 다 됐다는 생각에 부모님과 오빠에게 소식을 전했는데, 이게 웬걸… 우리 부부 빼고 모두가 "왜, 하필이면, 굳이, 미분양 신축을 계약했냐"며 펄펄 뛰는 게 아닌가.

미분양 신축 사기에 대해서는 검색해 보면 엄청나게 많은 사례와 뉴스가 나오니 각자 참조하시기 바라며…. 아무튼 그제야 중개인 말만 믿은 우리 부부가 얼마나 무지했는지 알았다. 무슨 일이 생겨도 중개인은 결국 아무런 책임을 지지 않는다. 모든 책임은 결국 우리가,

우리의 소중한 보증금이 제 살을 깎아내는 방법으로 진다. 스크롤을 내리고 내려도 끝이 보이지 않는 미분양 신축 사기 글을 읽으며 겨드랑이가 촉촉해진 우리 부부는 이 계약을 그대로 둘 수 없다는 결론을 내렸다. 문제는 건축주의 귀책이 (아직은) 없는 상태에서 일방적인 계약 파기가 쉽지 않다는 점이었다. 남편과 나는 그날 밤 머리를 맞대고 앉아 오만 상상의 나래를 펼치며 계약 파기를 위한 행동 매뉴얼을 만들기 시작했다. 엄청나게 논리적일 것 같지만 결국은 내가 어떤 타이밍에 들이닥쳐 눈물을 흘리는지가 관건이었다.

이날 밤 남편과 내가 서로에게 느꼈던 유대감은 일종의 전우애에 가까웠다. 보증금을 수호하기 위해서라면 누가 먼저랄 것도 없이 최전선에서 총알… 아니, 그 어떤 욕지거리라도 받아낼 자신이 있었다. 결과는 이 모든 시뮬레이션이 무색하게 계약금을 포기하는 것으로 끝났지만, 지금도 그때를 생각하면 가슴 한쪽이 쿡쿡

쑤시면서 소파에 가래떡처럼 길게 누워 있는 남편이 새삼 애틋하다.

우리의 무지함과 절박함이 빚어낸, 바보 같지만 차마 웃을 수도 없는 이 에피소드를 글로 옮기고 있자니 불현듯 부모님이 생각이난다. 오빠와 나를 데리고 50평 신축 아파트가 18평 낡은 아파트가 될 때까지 계속해서 짐을 줄여 이사해야만 했던 엄마, 아빠. 두 분 사이엔 어떤 이야기들이 있을까. 고작 두 번의 이사를 함께한, 아이 없는 6년 차 부부인 우리는 그 앞에서 감히 '부부 사이의 정' 같은 단어는 꺼내지 못하리라. 젊은 시절 고생은 사서도 한다는 식의 얘기는 좋아하지 않지만, 오래 전 두 분이 함께 나누어 진 고난이 있었기에 지금의 부모님이 계신 거라 믿는다.

성장에 맞춰 몸에 맞는 소라껍질을 찾아다니는 소라게처럼, 우리도 우리에게 맞는 속도로 적당한 껍질을 찾아 옮겨 다닌다. 소파에 몸을 비스듬히 기댄 채 영양가 없는 그 날의 예능을 보는 게 집에서 하는 일의 전부인 우리가, 집을 찾아다니는 순간만큼은 손발을 맞춰 일사불란하게 움직인다. 이사 날 저녁이면 배달 음식을 시켜 입가에 잔뜩 묻혀가며 우걱우걱 먹은 뒤, 쑤시는 팔다리를 서로 두드리고 주무르다 잠이 든다. 이사 후 얼마간은 모든 것이 생소해서 모닝커피 한 잔에 여행 온 것처럼 설레기도 한다. 아직 앞으로 몇 번은 더, 이 모든 과정을 재미있는 추억이라 믿고 겪어낼 수 있겠다.

케이크의 운명

크리스마스 분위기로 한껏 장식한 생활용품 매장. 귀여운 트리가 그려진, 금색으로 테를 두른 디저트 접시가 눈에 띄었다. 가격을 확인해 보니 이 정도는 괜찮지 않을까 싶었지만, 부엌 찬장에 남아 있는 공간을 떠올리고 이내 제자리에 내려놓았다.

결혼 6년 차, 신혼일 때와 비교해 세간은 거의 늘지 않았다. 지난해는 토스터 하나, 볶음요리용 웍 하나가 새로 장만한 살림의 전부였다. 물건을 하나들이면, 그만큼의 공간이 필요하고 이사할 때마다 새로이 위치를 정해야 한다. 이 수고로운 작업에 대한 두려움만으로 웬만한 물욕은 슬그머니 자취를 감춘다.

사람들은 다양한 곳에 둥지를 튼다. 내 책상에 내 물건을 두고 내 공간을 만든다. 자신의 영역을 공고히 함으로써 낯선 집단과 공간에 뿌리내린다. 그러나 어째서인지 나는 새로운 세계에 발 딛는 순간부터 떠날 날을 대비했다. 3년간 다닌 회사에서 퇴사 당일 챙겨 나온 물건은 작은 박스 하나가 전부였다. 학교를 다닐 때도, 회계사 시험 준비를 할 때도, 사물함엔 사전 두께의 양장본 전공 서적 한두 권이 전부였다. 뿌리 내리기보다는, 언제든 떠날 수 있는 사람으로 있는 편이 마음 놓였다.

한쪽 발만 물에 담근 채 다른 한쪽 발은 운동화 끈을 조이고 있는 이런 태도는 잦은 이사 경력 때문은 아닐까 싶다. 지금까지 열한 번, 기억나지 않는 유년기로 거슬러 올라가면 몇 번이 더 있다. 나를 둘러싼 공간이 익숙해질 때 쯤 다른 곳으로 떠나면서 자랐다. 그럼에도 불구하고 요즘 젊은이들의 지상 과제인 '내 집 마련'이 남 일 같기만 한 이유는 무엇일까. 이사 과정에서 겪는 불편함과 고통을 누구보다 잘 아는 나인데 말이다.

2019년도는 그야말로 이사 준비로 얼룩진 해였다. 봄부터 집을 알아보기 시작해서 여름의 끝자락에 가까스로 계약했다. 드라마에서나 나올 법한 여러 가지 상황을 겪으면서 남편과 함께 마음 졸이고, 싸우고, 기뻐했다. 이삿날, 늦은 저녁을 해결하기 위해 쌓인 짐을 뒤로 하고 동네 피자집에서 하와이안 피자 한 판을 시켰다. 평소 같으면 시키지 않았을 달달한 피자를 뜯어 먹으며 이노무 이사, 더 이상은 못하겠다고 투덜댔는데, 만기가 반년 뒤로 다가온 지금, 우린 다시 이사 갈 집에 대한 이야기를 꺼내고 있다. 아무래도 이 집은 채광이 안 좋아 비타민D 합성이 원활하지 못하다며….

　2년이라는 시간은 고통을 망각하기에 얼마나 충분한가. 게다가 나는 매사 금방 싫증을 느끼는, 오로지 시작 자체에서만 희열을 느끼는 프로 시작러 아니던가. 오늘부터 죽는 그날까지 변치 않을 내 집이 있다 해도, 나라는 인간이 그 안에서 강 같은 평화와 행복을 누릴 수 있을지는 모를 일이다. 하루가 멀다 하고 치솟는 집값을 보고도 그런 철없는 소리가 나오느냐며 질책하는 친구들도 있다. 하지만 아시잖아요, 30여 년을 그놈의 '미래에 대한 불안감' 때문에 공부도 하고, 대학도 가고, 취업도 하고, 결혼도 하고… 쿨럭….

　지난 크리스마스 이브엔 동네 빵집에서 케이크 하나를 샀다. 별 뜻 없이 두 개의 초를 꽂고 각자 소원을 빌었다. 집에 있던 그릇을 꺼내 케이크를 옮겨 담는 순간, 귀여운 트리가 그려진 디저트 접시가 떠올랐지만 자고로 케이크란 접시 위를 스치듯 지나 사라질 운명 아니던가. 남아 있는 빈 접시를 보고 있자니 순식간에 사라진 케이크만 아쉬울 뿐이었다.

소유에 대하여

코로나19로 많은 게 변했다. 대부분은 우울한 방향이지만, 한 가지 좋은 점은 남편이 술을 마시고 새벽에 들어오는 일이 없어졌다는 거다. 술을 못하는 남편인데도 1년에 두세 번은 새벽까지 마셨다. 신혼 때는 잠도 못자고 남편이 들어오기를 기다렸다. 어쩐지 빨간 조명이 어울리는 흥겨운 술자리를 상상하기 시작해 자기혐오를 거쳐 이혼 후의 삶을 시뮬하고 있자면 남편의 귀가 시간과 얼추 맞았다. 어쩜 그렇게 환장하기 직전에 딱 맞춰 들어오는지 이래서 부부인 건가 싶었다.

물론 이젠 남편의 귀가가 늦어지면 소파 위에 부쳐놓은 빈대떡처럼 늘어져 있을 생각에 설렐 뿐이지만… 아무튼 그땐 그랬다.

대규모 행사와 술자리가 자유롭던 그 시절, 지금 사는 이 집으로 이사 온 지 며칠 안 되었을 때다. 주말 내내 이어진 북페어를 마치고 집에 돌아왔는데, 기력이

바닥으로 떨어져 잠드는 것조차 힘들었다. 아침 운동을 가야 한다는 압박감에 숙면에 좋다는 발바닥 패치도 붙여보았지만 별 소용없었다. 침대 위에서 이리저리 뒤척이길 두 시간, 슬며시 잠들 때쯤 남편이 돌아왔다. 씻지도 않고 거친 숨을 몰아쉬며 침대에 누운 남편이 몸을 풀썩일 때마다 분노가 치밀었다. 술 마시고 늦게 들어온 남편에 대한 서운함은 수면을 방해함으로써 내일의 스케줄에 차질을 빚어버린, 배려 없는 동거인에 대한 분노로 변했다.

아침 아홉 시, 잠을 잔 건지 안 잔 건지 알 수 없는 상태로 거실 소파에서 일어났다. 눈치 없이 단단히도 달라붙은 발바닥 패치를 떼고 있는데, 모르는 번호로 전화가 온다. 부동산이라고 했다. 예전에 살던 집에 새로운 세입자가 들어와서 몇 가지 물어보고 싶은 게 있단다. 거실 벽에 남아 있는 자국을 보니 오디오 시스템을 설치했던 거 같은데, 정확히 어떤 선이 벽 뒤로 들어가 있는지 말해 달라는 거다. 그 집 거실 벽엔 뭔가를 설치했다 메운 자국이 있었다. 우리가 들어와 살기 전부터 그랬다. 전해 듣기로 이전에 살던 집 주인이 오디오 시스템을 설치한 자국이라 했는데, 지금 집 주인은 그런 사정을 몰랐던 듯싶다.

정말로 벽 뒤의 사정이 궁금한 건지, 아니면 남의 집 벽에 주먹만 한 구멍을 내놓고 아무 말 않고 떠난 (가상의) 무개념 세입자에게 책임을 묻고 싶었던 건지 알 수 없지만, 어느 쪽이든 아침 아홉 시에, 거기다 눈뜨기 전부터 피곤한 이런 날엔 받고 싶지 않은 전화다. 그러니까 내 집이 없으면 이사 나온 지 한 달이 지난 집에 대해서도 추궁 당할 수 있다는 얘기다. 무려 아침 아홉시에. 통화 가능하냐는 인사치레도 없이.

당시엔 매주 세 번, 아침 열 시에 필라테스 수업

을 들었다. 필라테스 스튜디오는 예전 집 근처에 있는데, 지금 사는 집에서도 멀진 않지만 아침에 가려면 꼭 10분씩 늦어 기본 요금을 내고 택시를 탔다. 이날도 여지없이 택시를 잡았다. 차창으로 예전에 살던 집이 보인다. 큰 길 쪽 블라인드가 열려 있는 걸 보니 아직 세입자는 들어오지 않은 것 같았다. 한편으론 가진 사람도 피곤하지 싶다. 아침 아홉 시, 부동산 중개인도 일면식 없는 예전 세입자에게 전화 거는 게 쉽진 않았을 텐데. 미처 발견하지 못한 하자라도 있는 줄 알고 집주인은 얼마나 마음이 급했을까. 가진 게 있으면 잃는 게 두려운 법이다.

시야에서 사라질 때까지 고개를 돌려 바라보게 되는 예전 집은 그래도 좋았던 기억만 있다. 애초에 내 것이 아니었기에, 2년 뒤면 떠날 곳임을 알고 있었기 때문일까. 집도, 관계도, 이리 상했나 저리 상했나 살피지 않아도 되어서, 내가 온전히 그 밖에 있어 다행이라는 생각이 든다. 좀 더 많은 것에 노심초사하지 않으며 살고 싶다. 결국 영원한 것은 없으니까. 아침의 그 불쾌한 전화에 대한 기억도, 남편이 내 곁에 머물러 있는 시간도.

케렌시아

책방 주인이라는 타이틀을 얻은 지 몇 개월이 지났다. 아직도 아는 것보다 모르는 게 더 많은 새내기 사업자지만, 준비 기간을 더하면 1년이 넘는다. 공사 견적을 받아봤을 때만 해도 지금처럼 역병(!)이 범세계적으로 횡행하는 가운데 서점을 오픈하게 될 줄은 꿈에도 몰랐다.

서점으로 찾아오는 친구들, 알고 지내던 작가님들과 이 작은 공간에 대해 이야기할 때면, 으레 물어오는 질문이 있다. 언제부터 서점이 하고 싶었던 거냐고. 모 포털 사이트에서 정식 연재를 마친 뒤, '작가'라는 호칭이 겸연쩍을 정도로 드문드문 작업을 이어나갔다. 새연재를 위해 여러 번 투고 했지만 결과는 좋지 않았고 아무도 보지 못할 만화를 그리며 몇 년을 보냈다. 이대로는 안 되겠다는 생각에 시작한 게 독립출판이다. 편집자의 눈치를 볼 필요도 없고, 신경 쓰이는 댓글도 없다. 그리고 싶은 걸 그리고 기꺼이 책값을 지불할 의사가 있는 사람들만 내 만화를 본다. 웹툰보다 품이 많이 들고 벌이도 신통치 않았지만, 비로소 다시 작품 활동을 시작할 수 있다는 사실만으로도 설렜고, 결국 지금까지 세 권의 독립출판물을 만들었다.

독립출판물은 (많은 경우) 정식 출판사를 통해 나온 책이 아니다 보니 책의 주민등록번호라 할 수 있는 ISBN이 없어 대형 서점에는 납품이 불가하다. 때문에 작은 독립서점을 중심으로 작가가 직접 홍보하고 출고하는데, 입고 서점을 하나둘 늘려나가는 재미가 있다. 책 홍보를 위해 북페어에 참가하면서 나와 같은 창작자와 1인 출판사, 독립서점 운영자 등 다양한 사람을 만났다. 웹툰을 연재할 땐 편집자와는 메일로, 독자와는 댓글로 소통했기 때문에 나의 모든 세상이 웹상에 가상현실처럼 떠다녔는데, 이 세계는 모든 것이 만지고 느낄 수 있는 '현실'에 존재했다. 그 생생한 체험이 오히려 비현실적으로 느껴질 만큼. 비단 작품뿐만이 아니라 '나'라는 개인 역시 다시 태어난 기분이었다. 아쉬운 점은 독립출판물에 대한 접근성이 웹툰에 비해 떨어지다 보니, 내가 작품 활동을 중단했다고 생각하는 독자가 더러 있다는 점이다. 개인적으로는 더 만족스럽게 작품 활동을 이어나가고 있음에도 불구하고.

독립출판물과 독립서점을 알게 된 후, 여행을 가면 그 지역의 작은 서점부터 찾았다. 국내외를 불문하고 모든 서점이 작지만 각자의 개성으로 빛나고 있었다. 작은 서점 특유의 따스한 온기는 여행자의 고단함을 잊게 해주었다. 나중엔 마치 그 지역 주민이라도 된 듯한 착각에 빠져 다음 일정 따윈 뒤로 제쳐두고 몇 시간 동안 책방 구경만 했다. 느긋한 마음으로 젊은 창작자들의 자유분방한 독립출판물을 보고 있자면 그 독특함에 매료되어 손이 가벼워야 할 여행자 신분에도 책을 한 아름 사서 나왔다. 어떤 큰 사건을 계기로 '나도 서점을 하겠다'고 마음먹었다기보다는, 웹툰 연재를 종료한 이후 있었던 모든 일들이 자연스럽게 나를 서점 앞으로 이끌었다. 내가 치유받은 것처럼, 방향을 잃은 창작자들이 독립출판물을 만들고 현실 세계에서 독자를 만남으로써 작품 활동을 왕성히 이어가길 바랐다. 40대가 된다면, 그런 공간을 만들고 싶다는 생각을 막연히 하고 있었다. 어느 날 보았던 자기계발서를 따라 버킷리스트 말미에 '서점을 운영한다'고 적어놓은 게 다였다.

어찌 보면 영원히 가질 수 없을 '집'에 대한 탈출구로 '나만의 공간'에 대한 욕망을 조금씩 키워 왔는지도 모른다. 그렇지 않았다면 공간을 사용할 수 있는 기회가 찾아왔을 때 미처 알아채지 못했을 테니까. 덕분에 마흔을 목전에 두고 인생의 버킷리스트였던 서점을 오픈할 수 있었다. 이렇게 말하면 너무 쉽게 인생의 목표를 달성해 버린 것 같은데, 그 버킷리스트의 첫 번째 줄에는 '다시 연재를 시작한다'가, 두 번째 줄에는 '내 맘에 쏙 드는 집을 찾아 이사 간다'가 적혀 있었으니 우선순위에 가중치를 두고 달성률을 따져보자면 제로에 가깝다. 인생이란 게 그런가 보다.

언젠가부터 집에 대해 이야기할 때면 그 집의 소유권이 누구에게 있느냐에 따라 행복과 불행을 우리 삶에 뒤집어 씌우기 시작했다. 말하기로는 똑같은 '우리집'이지만, 2년 뒤에 떠날 집에는 두고 가기 아쉽지 않은 정도의 애정만 쏟는다. 때문에 나에게 집은 항상 2% 부족한 행복이거나, 곧 벗어날 수 있는 불행이었다. 사업장은 다르다. 내 것이 아니라도 내 것처럼 돌봐야 하는 곳이다. 이곳에서의 시간이 유한함을 알면서도 애정을 쏟는데 아낌이 없다.

서점을 운영하면서 내가 꿈꿔왔던 내 공간이 꼭 집일

필요는 없다는 깨달음을 얻었다. 시시각각 내 맘을 괴롭혔던 낡은 집의 문제점들은 출퇴근하는 삶으로 돌아와 보니 더 이상 큰 일이 아니었다. 집은 그야말로 자고 먹고, 화장실 가고, 옷을 챙겨 입을 수 있는 정도면 충분했다. 이 집으로의 이사를 망설였던 이유 중 하나인 수용소 무드의 방범창도 이제는 딱히 거슬리지 않는다. 요즘 나의 관심사는 매일 아침 서점 앞에 떨궈져 있는 담배꽁초로, 동네 주민에게 비공식적 흡연장소로 인식되어 있는 이곳을 어떻게 하면 흡연청정구역으로 탈바꿈시킬 수 있을지 고민스러울 따름이다.

[잠시 머무르는 집]

느슨한 관계, 그리고 자유

손님이 없을 때 책방 주인은 무엇을 할까? 많은 사람이 책을 읽으며 시간을 보내지 않을까 생각하겠지만, 애석하게도 현실의 책방 사장에겐 그런 여유는 허락되지 않는다. 나 역시 책방 주인의 일상이라고 하면 커피를 마시며 한가롭게 다리를 꼬고 앉아 책을 읽는 모습을 가장 먼저 떠올렸지만, 이는 그저 미디어가 만들어낸 신기루에 불과함을 깨달았다.

서점에 출근해서 가장 먼저 하는 일은 청소, 그리고 두 번째는 재고 관리다. 청소보다 재고 관리에 훨씬 많은 시간과 품이 든다. 계산대 옆에 놓인 랩탑으로 입고된 서적과 재입고해야 할 서적과 새롭게 입고 문의해야 할 서적을 엑셀로 리스트업 하다 보면 어떤 날은 그 작업만으로 하루가 다 간다.

와중에 신기한 것은 나는 엑셀을 전혀 다룰 줄 몰랐다는 거다. 게다가 쓰고 있는 맥북은 알다시피 엑셀도 아닌 '넘버스(Numbers)'를 써야 한다. 처음엔 더블 클

릭으로 앱을 실행시키는 것조차 부담스러웠지만 지금은 공식까지 써가며 나름 큰 불편 없이 사용하고 있다. 이럴 거면 그냥 종이에 자대고 표 만들어 쓰지 왜 굳이 엑셀을 쓰나 싶을 정도로 아무 기능도 사용하지 못했던 내가, 하루도 빠짐없이 같은 화면을 들여다보며 숫자를 적어 넣기를 석 달, 첫 날엔 아무리 찾아도 보이지 않던 버튼이 불현듯 보이기 시작했다. 유튜브나 블로그의 도움 없이, 매일같이 이것저것 뒤적이다 보니 자연스럽게 터득하게 되었다.

꾸준히 같은 장면을 들여다본다는 것은 종국엔 통찰을 가져다 준다. 우리집 노묘인 싱고의 건강 이상을 감지하는 가장 빠른 방법도 언제나 매일 치우는 감자와 맛동산(…)의 상태였다. 서점도 마찬가지다. 다른 사람이 볼 때는 알 수 없는 변화를, 매일 출근해서 쓸고 닦는 나만큼은 쉽게 직감한다. 빗물이 타서 살짝 누렇게 변한 벽면, 갑자기 헐거워진 경첩, 미세하게 갈라진 페인트 같은 것들 말이다. 돌봐야 하는 공간이 있다는 것은 그래서 피곤한 일이다. 예전에 살던 빌라의 1층에는 마당이 딸려 있었다. 우리집은 2층이어서, 가끔 창밖을 내다보면 마당을 가꾸고 있는 1층 주인 아저씨의 모습이 보였다. 이사 온 지 얼마 되지 않았을 때, 아침이면 마당에서 흰 조약돌 같은 뭔가를 줍는 주인 아저씨를 보고 의아했었는데, 그 흰 조약돌의 정체가 매일 아침 새롭게 갱신되는 — 정말 매일 아침이면 온 마당에 깔려 있었다! — 버섯이었음을 알고 경악을 금치 못했다. 나중엔 전문가의 도움을 받아 뭔가 조치를 취하신 것 같았는데, 아무튼 내가 알기로 아저씨의 외로운 사투는 일주일 이상 지속됐다.

관리해야 하는 것은 비단 공간뿐만이 아니다. 일주일에 다섯 번, 정해진 시간에 가게 앞을 쓸고 창문과 벽을 닦고 있으면 말을 걸어오는 주민 분들이 있다. 근처 빵집이나 카페 사장님이 책을 보고 가기도 한다. 동네 주민과 눈을 마주치고 인사를 나눈 건 독립한 이후로 처음이었다. 돌봐야 하는 공간이 생긴다는 건 필연적으로 새로운 관계를 맞이해야 한다는 뜻이기도 했다. 분가 이후 지금까지 세 번의 우리집이 있었지만 앞집이건 옆집이건 얼굴을 보고 대화를 나눠본 적이 없다. 어차피 2년 후면 이사 갈 텐데, 무슨 의미가 있을까. 호칭은 우리집이었지만 단 한 번도 내 것이라 여기지 않았기에 나는 언제나 그 동네의 이방인이었다.

어찌 보면 외롭다 할 수도 있겠으나, 언제든 떠날 사람으로 남아 있는 것이 일면 더 편하다. 모든 관계는 유지를 위해 책임을 필요로 하기 때문이다. 얼마 전, 층간소음으로 고통받던 오빠 내외는 계약 만료를 한참 남겨두고 복비를 이중으로 부담해 가면서 다른 집으로 이사

했다. 처음으로 내 집이 아니라 다행이라는 생각을 했다고 한다. 영원불멸의 내 집과 이를 둘러싼 관계에 갇히지 않아서 다행이라고 말이다. 아직 못박아 두고 싶은 내 모습을 찾지 못했기에, 언제든 바뀔 수 있는 느슨한 관계가 내게는 편한 일이다.

마트에서 친구를 우연히 만났다. 친구의 남편과 두 살 아기도 함께 그야말로 단란한 가정이었다. 질풍노도의 10대와 20대를 함께 보내며 불안한 눈빛만 주고받기 바빴던 게 엊그제 같은데, 아이를 안은 남편의 손을 잡고 있는 친구의 모습을 보며, 처음으로 그녀가 정말 '안정되어 있구나'라는 느낌을 받았다. 아직도 허공에서 허우적거리고 있는 나와는 달리, 친구는 두 발을 제대로 땅에 딛고 서 있었다. 결혼 후 대출을 받아 집을 샀다고 했을 때, 그땐 꼭 그럴 필요가 있는 건가 싶었는데, 가족과 함께 단단히 뿌리내린 친구를 보니 모든 것이 이해가 갔다.

나는 우리 부부가 주인공인 만화를 몇 년 째 그리고 있으면서도, 남편을 가족이라고 생각해 본 적이 없다. 의심의 여지없이 좋은 사람이고 평생을 함께하고 싶은 훌륭한 동반자이지만, 그날 만났던 친구 내외처럼 한곳에 정착해 함께 아이를 낳고 키우는 모습은 어쩐지 상상이 가지 않는다. 남편의 최애 프로그램이 〈나는 자연인이다〉여서 일까? 오히려 모든 짐을 훌훌 던져버리고 둘이 함께 캠핑카를 타고 떠돌아 다니는 모습을 상상해 본 적은 있다.

남편이 일 때문에 힘들어할 때면 이런 말을 하기도 한다. 여차 하면 같이 시골로 내려가서 당신은 결혼식 영상 찍어주고 나는 구멍가게 전단지라도 만들어주며 편하게 살자고. 둘 다 기술이 있으니 집이 없어도 어디서든 벌어먹고 살 수 있지 않겠냐고 말이다. 이런 생각을 할 수 있는 건 우리가 아이도 없고 집도 없는, 양 발이 허공에 떠 있는 부부이기 때문에 가능한 것 아닐까. 아직 현생에서 우리가 꿈꾸는 홈 스윗 홈을 소유하지 못했기에 미련 없이 더 먼 곳으로 떠날 수 있는 것 아닐까. 우리도 언젠가는 아이를 낳고, 로또라도 맞아(⋯) 집을 살 수도 있겠지만, 어쨌든 지금의 나는 흔들림 없이 말 할 수 있다. 어디에도 묶여 있지 않은 느슨한 관계 속에서, 나는 누구보다 자유롭다고.

이까짓 집쯤이야.

이까짓, 집

2021년 5월 10일 초판 1쇄 발행

지 은 이 | 써니사이드업
펴 낸 이 | 서장혁
책임편집 | 이다은
편   집 | 장진영
디 자 인 | 지완
마 케 팅 | 한승훈, 최은성

펴 낸 곳 | 봄름
주   소 | 서울특별시 마포구 양화로161 케이스퀘어 725호
T E L | 1544-5383
홈페이지 | www.bomlm.com
E-mail | edit@tomato4u.com
등   록 | 2012.1.11.
I S B N | 979-11-90278-65-2 (04810)

봄름은 토마토출판그룹의 브랜드입니다.